惜

太宰治 著
だざい おさむ
楊曉鐘 吳震 戚礄婉琛 譯

せきべつ　別

U0111175

一片飛花在樹梢

—— 近代日本文學譯著導讀

　　香港三聯書店出版四冊近代日本文學譯著，分別收錄夏目漱石（1867–1916）、谷崎潤一郎（1886–1965）、中島敦（1909–1942）和太宰治（1909–1948）等四位名家的小說、隨筆集。編輯同仁囑我就日本近代文學之背景、脈絡略作介紹。對於日本文學，我心雖好之，但畢竟非專業研究者，故僅能就研讀知見之一隅與讀者諸君分享，尚蘄玉正。

　　學界對日本文學史的斷代各有差異，但大致可分為上古（八世紀至十二世紀）、中古（十三世紀至十六世紀）、近古（十七世紀至十九世紀中葉）、近代（明治、大正、昭和時期，1868–1945）及現代（二戰以後）幾個階段。西元1868年，明治天皇（1852–1912）發表《五條御誓文》，正

式開啟「明治維新」的序幕，標誌著日本現代化的開端。而日本近代文學史，也同樣以「明治維新」為起點。在社會變革之下，日本舉國對船堅炮利之實學大感興趣，政府對於人文學科則採取蔑視放任的態度，以致文學之「開化」未必能與整體的現代化完全同步。不過在福澤諭吉（1835–1901）等啟蒙思想家的影響下，日本引進了大批西方哲學（包括美學）、文學、政治學等人文社會學科的書籍，促進了近代文學的發展。

就小說而言，日本近代小說鼻祖坪內逍遙（1859–1935）高揚寫實主義理論，正是對整個社會風氣的呼應，其《小說神髓》對近代文學影響深遠。坪內逍遙之外，二葉亭四迷（1864–1909）接過寫實主義旗幟，其思想不僅受到俄國別林斯基（V. G. Belinsky, 1811–1848）的教養，也源於儒家感召。與此同時，森鷗外（1862–1922）受到德國美學思想影響，傾向於浪漫主義立場，與坪內逍遙就文學批評之標準問題展開論爭。兩種文學取向，既奠定了日本近代文學的基調，也確立了小說在文學界的主導地位。

1885年2月，尾崎紅葉（1868–1903）、山田美妙（1868–1910）等四人組織成立硯友社，該社與傳統以漢詩、

俳句唱和的結社不同，將創作文類拓寬至小說等，雅俗兼顧，集合了一群年輕小說家，如廣津柳浪（1861–1928）、川上眉山（1869–1908）、巖谷小波（1870–1933）、田山花袋（1872–1930）、泉鏡花（1873–1939）、小栗風葉（1875–1926）等。這些作者後來在明治、大正及昭和文壇皆成為了獨當一面的大將。雖然他們的文學取向各有不同（如泉鏡花主張浪漫主義、田山花袋主張自然主義等），並未合力以硯友社的名義來建構統一的文學理論，但該社一度在日本文壇具有支配力量，影響甚大。

專制與自由並存的明治時代，寫實主義在坪內逍遙、二葉亭四迷以後並未得到長足發展。終明治一代四十年，源自西方的自然主義運動一直大行其道。1887 年，森鷗外把左拉（Emile Zola, 1840–1902）為代表的自然主義介紹到日本，隨後小杉天外（1865–1952）、田山花袋、永井荷風（1879–1959）等人皆成為這個流派的代表人物。自然主義文學揭櫫反道德、反因襲觀念的旗幟，主張追求客觀真實，一切按照事物原樣進行寫作，以冷靜甚至冷酷的筆觸來描寫一切對象，強調排除技巧，摒棄加工和幻想，成功完成了「言文一致」的革新。自然主義作家突破想像的樊

籬，因而發展出以暴露作者自我內心為特點的「私小說」，獨具特色。尤其是島崎藤村（1872–1943）《破戒》與田山花袋《棉被》的問世，將自然主義運動推上高峰。

然而，自然主義是明治時期「拿來主義」在文壇上的體現。十九世紀中後期的歐洲流行自然主義文學，有其自身的邏輯脈絡，茲不枝蔓，但日本並未仔細尋繹便採用「橫的移植」手段，罔顧了自身的社會特徵。因此，當時有評論家對「私小說」的創作範式頗為不滿，批評這種書寫策略過於消極，且無益於社會精神之塑造。夏目漱石便是當中重要的質疑者。作為寫實主義巨擘，夏目往往被中國讀者與魯迅（1881–1936）相提並論。比起自然主義作家以單純記錄的方式來創作，夏目更看重對生存之意義與方法的探討。他的作品十分強調社會現實，富於強烈的批判精神，人物刻劃細膩，語言樸素而幽默近人。其成名作《我是貓》以貓的視角對主人公苦沙彌等人加以觀察，嘲弄了日本知識分子四體不勤而五穀不分、紙上談兵而妙想天開、生活清貧而無權無勢的特性。而「人生三部曲」——《三四郎》、《後來的事》和《門》，雖然各為獨立故事，卻一脈相承地以愛情為主題，揭示出人生的真實本質。夏目

漱石的小說，華人讀者並不陌生；而編輯同仁這回另闢蹊徑，出版其隨筆集，應能使讀者更深入地了解其人、欣賞其文。

明治末期，自然主義風潮逐漸消退，白樺派（理想主義）、新思潮派（新寫實主義）和耽美派（新浪漫主義）成為大正時期（1912–1926）文壇領軍。白樺派的武者小路實篤（1885–1976）是反戰作家，作品受到魯迅、周作人（1885–1967）的稱許和譯介。新思潮派的領軍人物芥川龍之介（1892–1927）被視為與森鷗外、夏目漱石三足鼎立的小說家，以歷史小說來反映現實、思索人生。耽美派反對自然主義重視「真」遠甚於「美」，認為如此會壓抑人性的自然欲望。然而耽美派對人性自覺乃至官能享樂的注重，卻顯然孳乳於自然主義。作為耽美派的首腦，谷崎潤一郎甚至提出「一切美的東西都是強者，一切醜的東西都是弱者」，不僅讚許自然美，更讚許官能性的美，為追求美甚至可以犧牲善，與波德萊爾（C. P. Baudelaire, 1821–1867）的《惡之花》（*Les Fleurs du mal*）于喁相應，因此有了「惡魔主義者」的稱號。如谷崎成名作《刺青》中，刺青師清吉物色到一位「能供自己雕入精魂的美女肌膚」的女孩，

施以麻醉後，以一天一夜時間在她背上雕刺出一隻碩大的黑寡婦蜘蛛。女孩醒後「脫胎換骨」，宣稱清吉就是自己第一個要獵殺的對象。自傳體小說《異端者的悲哀》中，主人公章三郎因生活貧困而對人生絕望、對道德麻木，卻夢想過放蕩不羈的生活。至於《春琴抄》中對施虐與受虐快感的描畫，更令人驚心動魄。

1926 年，昭和天皇（1901–1989）繼位。而中島敦和太宰治兩位，皆可謂純粹的昭和作家。昭和早期，無產階級文學風行，但隨著軍國主義的政治干預而式微。佐藤文也說：「日本的作家在戰爭中大致分為三派：一是像雄鷹般兇猛地渲染戰爭狂熱思想的宣傳者，可以稱之為『鷹派』；二是像鴿子般老實卻又喜歡被主人放飛在外，不碰紙筆以沉默示意的不滿者，可以稱之為『鴿派』；三是像家雞一般被主人強行圈養起來，被迫加入了『鷹派』的妥協者，可以稱之為『雞派』。而太宰治卻不在這三派之中盤旋，好似鶴立雞群般經常在浪漫主義色彩的題材中渲染出獨特的幽默風範，可以稱太宰治為『鶴派』，這一點讓太宰治在戰爭時期的作品受到了文學界及讀者的好評，並得到支持。」（〈太宰治寫給中國讀者的小說，你讀過嗎？〉）與太宰治不同，

中島敦對治現實的方法是撰寫歷史小說。中島於 1933 年完成的大學畢業論文題為《耽美派研究》，深入探討森鷗外、永井荷風、谷崎潤一郎等作家。然而，他後來的創作則繼承了新思潮派的傳統，以歷史小說最為著名，因此贏得「小芥川」之譽。中島敦的歷史小說多取材自中國古籍，無論子路、李陵等歷史人物，抑或李徵、沙悟淨等小說人物，都能予以嶄新的詮釋，以回應時代，令人眼前一亮。可惜中島於 1942 年便英年早逝，年僅三十三歲，無法與讀者繼續分享其文學果實。

相比之下，太宰治的文學道路與中島敦頗為不同。太宰治最著名的小說《人間失格》發表於 1948 年，亦即他自殺當年；在後人心目中，這部作品奠定了他「無賴派」（或稱反秩序派）代表作家的地位。不過，無賴派的興衰僅在 1946 至 1948 年的兩三年間，反映出戰後青年虛無絕望乃至叛逆的心態。而太宰治早慧，十七歲寫出《最後的太閤》，短暫一生中有不少名作傳世，而是次譯著僅收錄他發表於 1945 年的作品《惜別》與短篇小說集《薄明》，可謂慧眼獨具。當然，在《薄明》的六篇短篇小說中，主人公無一例外地表現出頹靡無力之感，這與稍後作品《人間失格》

的主旨一脈相承，反映出作者自身特殊的遭際和心理特質。而《惜別》則為紀念魯迅而作，以在仙台醫專求學時的魯迅為原型。太宰治筆下的魯迅年方弱冠、胸懷壯志，卻又在鄉愁、迷惘與希冀中徘徊，在經歷一系列事件後棄醫從文。儘管《惜別》的主人公往往被看成是「太宰治式的魯迅」，是作者透過魯迅的形象來安放自身的靈魂，但這部作品無疑打破了華人讀者對於魯迅那刻板的神化印象，值得細細玩索。

譯著所涉四位小說家皆是日本近代文學時期的著名人物，年輩雖有差異，但在文壇的主要活躍年代都在二十世紀前半。夏目漱石、谷崎潤一郎漢學造詣甚深，皆有漢詩作品傳世。明治維新後，日本漢詩創作景況日漸零落。而中島敦成長於大正、昭和時期，卻因漢學世家淵源之故，仍喜漢詩創作，在平輩間不啻鳳毛麟角，值得關注。太宰治不以漢學漢詩著稱，然亦鍾情於中國文化，如他的《清貧譚》、《竹青》皆取材於《聊齋志異》，前文談到的《惜別》則以魯迅為主角，不一而足。這些知識對於華人讀者來說大概都是饒有興味的。讀者諸君在瀏覽這輯譯著後，若能觸類旁通，對四位小說家乃至整個日本近代文學有更深入

的了解，這篇膚淺的塗鴉就可謂功德圓滿了。謹以七律收束曰：

貓眼看人吾看貓。善真與美孰輕拋。
沙僧猶自肩隨馬，迅叟應嘗淚化鮫。
意氣文雄夏目助，幽玄節擊春琴抄。
年年舊恨方重即，一片飛花在樹梢。

2022 年 1 月 16 日

關 於 太 宰 治

—— 寫在《惜別》前

楊曉鐘

太宰治（1909–1948），日本著名小說家，無賴派文學的代表作家。原名津島修治，出身於日本青森縣的貴族家庭。他的父親豪富而專斷，母親則體弱多病，無法照顧孩子。在家裏十個孩子中排行第九的太宰治，從小由姑母及保姆照顧。母愛的缺失，使得太宰治的情感纖細而敏感。

太宰治是早慧的天才，十六歲時，即發表了《最後的太閣》，並與友人合編了同人雜誌《星座》。1927 年，太宰治一生尊崇的芥川龍之介自殺身亡，這一事件喚起了太宰治持續一生的自殺情結。1929 年十二月，還是中學生的太宰治第一次自殺未遂。

1930 年，太宰治進入東京帝國大學法文科就讀，在學期間，他與銀座咖啡店的女侍田部阿滋彌在同居三天後雙雙投河殉情，並致對方死亡，被訴以「協助自殺罪」，最終

未被起訴。此事給太宰治一生留下了深重的陰影，以此為背景，太宰治創作了《小丑之花》等。

1935 年，太宰治參加東京都新聞社的求職測驗落選後，於鎌倉八幡宮上吊自殺，未遂。當年八月，其作品《逆行》入圍第一回芥川獎。八月，因無力繳納學費，太宰治被東京帝國大學開除。

1937 年，太宰治與初戀情人小山初代至谷山溫泉，企圖服藥自殺，但未成功。當年他發表了《虛構的彷徨》、《燈籠》等作品。

1939 年，經恩師井伏鱒二介紹，太宰治與石原美知子結婚。溫馨的家庭生活給了太宰治創作的動力，他決心「努力寫作，不再荒唐」。這一階段他的作品積極向上，呈現出不同的風貌，《奔跑吧！梅洛斯》、《千代女》、《控訴》等被譽為名作，同時也奠定了太宰治在日本文壇的地位。

1945 年，太宰治完成了關於魯迅的傳記《惜別》與短篇小說集《薄明》。

1948 年六月，三十九歲的太宰治與情人山崎富榮在玉川上水投河自殺。其遺作《人間失格》與《如是我聞》亦於當年發表。

太宰治是日本無賴派文學的代表作家。所謂的「無賴」，並非「遊手好閒」、「蠻不講理」之意，而是以自謔的態度來表現日本戰後一代人的精神萎靡，以頹廢虛無對抗現實的殘酷，最終因自我沉淪而陷入毀滅。因為無賴派文學的這種頹廢特質，太宰治的作品，一向爭議極大，愛之者眾多，厭之者亦多。但正如奧野健男的評價：「無論是喜歡太宰治還是討厭他，是肯定他還是否定他，太宰的作品總擁有著一種不可思議的魔力，在今後很長一段時間裏，太宰筆下生動的描繪都會直逼讀者的靈魂，讓人無法逃脫。」

　　本書收錄了太宰治發表於 1945 年的重要作品《惜別》與短篇小說集《薄明》。《惜別》以在仙台醫專求學的魯迅為原型創作，為了創作這部作品，太宰治曾專門前往仙台醫專考察。而《薄明》共收錄了六篇短篇小說，作品中的主人公面對現實社會病弱、無力、頹廢，讀者當能從中體會到太宰治一生的純粹與脆弱。

目錄

惜別

這是在日本東北某個村莊執業的老醫生的手記。

前些天來了一位中年記者，鬍子拉碴，臉色灰暗，自稱是本地報社的。他問我是不是東北帝大醫學部前身 —— 仙台醫專畢業的，我說是的。

記者一聽，趕忙從胸前的口袋裏掏出個小本子，問道：「你是明治三十七年（1904）入學的對吧？」

「沒錯，我記得是那時候。」對於他慌裏慌張的態度，我覺得有些不安。或者說，和這個記者的交談，始終都不太愉快。

「那可太好啦！」他灰黃色的臉上浮現出笑容，翻開小本子，一下子伸到我面前，上面用鉛筆寫著三個大字「周樹人」。他用不容置疑的語氣說：「那你一定認識這個人！」

「認識。」

「我就說嘛！」記者有些得意，「他和你是同一級的，後來成了大文豪，就是魯迅。」說著，又對自己過於興奮的語氣感到有些不好意思，臉有些紅。

「你說的我也聽說了。不過，即使他後來沒那麼出名，只是作為一起在仙台學習時候的周樹人君，我也是非常尊

敬的。」

聽我這麼說，記者有些吃驚地看著我：「這麼說，他從年輕的時候起就已經很了不起了。看來真是個天才啊。」

「不是那樣的，他就是個直率的好人。」

「譬如說？」記者一邊說，一邊又向前湊了湊。「其實我讀過魯迅的一篇散文，題目就是《藤野先生》。文章寫的是魯迅在明治三十七八年日俄戰爭期間，在仙台醫專，受到藤野嚴九郎先生關照的事。所以我想把這些事作為日中親善的事例，寫成報道發表在新年專版上。正好聽說你是仙台醫專的畢業生，所以就來採訪你。請你說說那時的魯迅到底是什麼樣的。他那時就是一副憂鬱的表情嗎？」

聽他這麼一說，我反倒有些猶豫了。「不是的，那時的他沒什麼特別的。該怎麼說好呢？頭腦好、為人老實──」

「你用不著這麼小心謹慎，我又不打算寫魯迅的壞話，就是我剛才說的，為了日中友好，想寫篇報道發到新年號上。這又是發生在我們東北的事，也算是對地方文化的貢獻。所以，為了我們東北的地方文化，請你暢所欲言，給我講講當時的事。我保證不會給你添麻煩的。」

「我倒不是擔心你說的那些，」不知為什麼，那天我一直心情沉重，「畢竟是四十年前的事了，我又不想敷衍塞責，但記憶畢竟有些靠不住。」

「你用不著這麼謙虛。這樣吧，我來問，記得什麼你儘量說就是了。」

接下來的一小時，記者問了很多當時的事情，我的回答很是雜亂無章，不得不讓他失望而歸了。不久，到了新年，我們當地的報紙以《日中親善的先驅》為題，以我回憶往事的形式，連續五六天連載了那個記者的文章。他倒真是有些本事，把我那些不得要領、雜亂無章的回答取其所需，變成了一篇相當有趣的訪談。我雖然佩服他的本事，但他文章中的周樹人君和恩師藤野先生卻完全變成了我不認識的旁人。他怎麼寫我我無所謂，但讀到他文章中完全走樣的恩師藤野先生和周君，我便十分難過。也許這都該怪我當時回答問題不得要領。面對那樣唐突而又直截了當的提問，我這麼蠢笨的人怎麼也找不到合適的措辭，只能無意識地嘟囔幾句。也許我無意中溜出口的一個詞，聽在對方耳中便放大了數倍，最終造成了誤解。對於這種問答形式的採訪，我本來就很不擅長。記者走後的幾天

裏，我一直都很難過。一方面對記者的採訪感到困惑，另一方面對自己不知所云的回答感到生氣。終於到了新年，看到報紙上連載的文章，我不由得對藤野先生和周君感到十分抱歉。已經年過六十的我，快要走到人生的終點了，為什麼不趁著現在，寫下我心中真正的藤野先生和周君呢？當然，我要寫這篇手記，並不是為了給那位記者的文章挑毛病，在如今的社會裏，那種帶有政治目的的文章也只能那樣寫，自然和我心中的人物完全不同。但我已年老，又是個鄉下醫生，不用考慮任何政治意圖，只想寫出對恩師與舊友的欽慕之情，真實地再現他們留在我心中的身影。有句話說：贊大善不如行小善，為恩師與舊友正名這件事，說起來是小事，但確是為人應行之正道，我雖已老邁，但定會竭盡所能。此時東北上空空襲警報頻頻，但在每一個晴好的日子裏，我朝南的書齋不用生火也像春天般暖和。我樂觀地預感到，我的工作一定會順利進行，不會受到空襲的影響。

不過，我也不能保證我筆下的恩師與舊友就是絕對的真實。像我這樣普通人的記憶有時就像盲人摸象，總是難免片面；加之又是四十年前的往事了，記憶難免有模糊之

處，因此我雖然滿腔熱情地提筆，但心中難免戰戰兢兢。我會盡力寫出事實，哪怕僅僅是事實的一個方面。人老了，但不能囉唆，既然我不想寫出什麼傳世之作，那我會言簡意賅，力求達意。所謂「己所不知，勿與人言」。

明治三十七年初秋，我從東北一個小城市的中學畢業，來到東北第一大城市——仙台，進入仙台醫學專門學校。那年二月日本對俄宣戰，我到仙台時遼陽已經被攻陷，旅順總攻也已開始。有性急的，認為攻陷旅順指日可待，已經開始奔走商談如何慶祝。當時仙台的第二師團第四聯隊，隸屬黑木第一軍，被稱為「榴岡聯隊」，參與了鴨綠江渡河戰役，之後又在遼陽會戰中立下大功，仙台報紙以《神勇的東北軍》為題，連篇累牘地報道。一個叫森德座的小劇場立即上演了一齣《遼陽陷落萬萬歲》的即興滑稽劇。當時仙台到處都充滿了戰爭帶來的活力。我們也穿上醫專的新制服，戴上制服帽，懷揣著迎接世界黎明的美好憧憬，渡過學校附近的廣瀨川，去對岸的伊達家三代靈廟所在地——瑞鳳殿參拜，祈禱戰爭的勝利。高年級的學生大多志願當軍醫，恨不得現在馬上就上戰場。要說

起來，當時的人心也真是單純，真是朝氣蓬勃。學生們在宿舍裏徹夜討論如何發明新武器。譬如讓舊藩屬時代的馴鷹師訓練鷹帶上炸彈去炸敵人的武器庫，還有給炮彈裏裝上辣椒麵，扔到敵人的陣地上，讓敵軍眯了眼睛。這些現在想來讓人噴飯的所謂新武器，都是那些自詡文明開化的學生們樂此不疲的研究對象。據說有兩三個醫專的學生聯名投書大本營，推薦那個辣椒麵炸彈。還有更多血氣方剛的學生，認為討論新武器太慢，不足以表達自己的熱情，就在晚上爬上宿舍屋頂吹號。那時軍號在仙台學生中很是流行，一部分市民認為這純粹是噪音，應該制止，另一方面也有輿論煽風點火，認為應該組織個軍號會什麼的。總之，開戰半年來，國民可以說是意氣飛揚，不僅是學生，全體仙台市民都像孩子似的興奮不已，熱鬧中透出幾分單純可笑。當時周君便曾笑言日本人的愛國心「十分天真」。

從小地方來到大都市本來就讓我興奮，更何況是這樣一個因戰爭而喧囂沸騰的仙台。我早把學習拋到腦後，每日只是在仙台市內閒逛。說仙台是大都市，也許東京的人會嗤之以鼻，但當時的仙台有近十萬人口，在十年前的甲午戰爭時就有了電燈。市內像松島座、森德座這樣的劇場

每晚燈火通明，歌舞伎名角們輪番登場。門票便宜的有五錢八錢的站票，正照顧了我這樣窮學生的錢包。這還只是小劇場，仙台還有個仙台座劇場，能容納一千四五百人，新年和盂蘭盆節時，會請一些名角們來演出，票價自然不菲。其他時候，也會有浪花曲、魔術、電影等娛樂節目。另外，東一番丁還有個名叫開氣館的小型說書場上演淨琉璃和單口相聲，東京的名角幾乎都來演出過，我就是在這兒聽了竹本呂升的《義大夫》。那時芭蕉十字一帶已經成為仙台的市中心，新式建築林立，但最繁華熱鬧的還要數東一番丁。東一番丁的夜晚格外熱鬧，各種演出要持續到十一點左右，松島座前的招幡隨風飄揚，還張貼著五六張刺眼的水粉畫的海報，劇場門口招呼客人的聲音不斷，這些都留在了我的記憶裏。附近還有不少店舖，賣酒、蕎麥麵、天婦羅、雞肉料理、烤魚、年糕小豆湯、烤白薯、壽司、豬肉、鹿肉、牛肉鍋、牛奶、咖啡等等。還有個各種店舖雲集的商場，有麵包房、西洋點心店、舶來品商店、樂器店、書店、乾洗店、賣瓶裝酒及進口香煙的店舖、照相館、撞球屋、賣盆栽植物的，甚至有一家叫做「Plaza」的西餐館，店舖的留聲機不斷播放著唱片。整條街燈火通

明，恍如白晝，街上人來人往，摩肩接踵。這些已經足夠讓沒見識過東京小川町、銀座、淺草繁華的我驚嘆不已了。仙台的藩主伊達政宗，是個新派人物，慶長十八年（1613）就派支倉六右衛門作為特使訪問羅馬，這讓其他藩的保守派瞠目結舌。他的開化思想一直影響到明治維新後，仙台市內隨處可見基督教堂，以至於談到仙台不得不提到基督教。還有很多教會學校，明治時期的文人岩野泡鳴年輕時就在仙台的東北學院上學，接受過基督教教義。島崎藤村在明治二十九年（1896），從東京來東北學院任教，教作文與英語。我在學生時代，就很喜愛島崎在仙台時期創作的詩歌，從中可以看出基督教的影響。當時的仙台，在地理位置上遠離日本中心，但在文明開化程度上，卻與日本中心高度契合。仙台市區學校、醫院、教堂等設施數量之多讓人吃驚。還有一點，仙台是江戶時代最高法院所在地，也是維新後的高等法院、上訴法院所在地，可以稱為法院之都。這種傳統從街上遍佈的律師事務所可見一二。現在想來，我這樣一個鄉下來的土包子，在如此氛圍的城市中無所事事地閒逛，其實也是出於無奈吧。

我一面為仙台的文明開化興奮雀躍，同時帶著仰慕之

情遊覽了仙台周邊的名勝古跡。參拜瑞鳳殿祈禱戰爭勝利後，順便登了向山。俯瞰仙台全景，讓人莫名嘆息；眺望煙波浩渺的太平洋，又讓人不由得想大聲呼喊。年輕的時候，不管看到聽到什麼，總覺得對自己意義重大，難免心潮澎湃，遐想連篇。參觀青葉城遺跡時，我從儼然矗立的城門下進進出出，胡思亂想著自己要是生在政宗公的年代該當如何。我還去了不少名人墓地，總是煞有介事地深施一禮。有三澤初子，據說是淨琉璃《先代荻》中政岡的原型，有支倉六右衛門，還有那個號稱「六無」的林子平。後來，我的足跡逐漸延伸到榴岡、櫻岡、三龍溫泉、宮城平原、多賀城遺址等。終於有一天，我利用兩連休的機會，去了日本三景之一的松島。

　　午後從仙台出發，步行十五公里左右，天擦黑時到了宮城縣的鹽釜。秋風吹得人瑟瑟發抖，我不由得有幾分害怕，於是決定今天先去鹽釜神社參拜，松島明日再去，當晚便投宿在一間古舊的小旅館。第二日一早，我乘上去松島的遊覽船。船上四五個人，其中竟有一個和我一樣穿著醫專的制服，留著稀疏的鬍鬚，看起來比我年長，不過從制服帽上顏色鮮明的綠色縫線和閃亮的帽徽可以看出是

和我一樣的新生。臉孔有些熟悉，好像在教室裏碰見過幾次。那年的新生有一百五十多人，來自日本各地，有東京幫、大阪幫，不論上課還是課後去仙台市內遊玩，都三五成群，有說有笑，好不熱鬧。只有我，因為來自偏僻的鄉下，本來就不愛說話，再加上口音重，怕人嘲笑，越發不願開口，因此和同級的新生們有些格格不入。租的房子也選在遠離學校的縣廳附近，和房東一家也沒什麼來往。其實仙台人說話也帶有東北口音，我也能說些東京話，只是我覺得反正人家都知道我是鄉下來的，沒必要裝模作樣。硬讓自己說東京話，反倒更可笑。這種心理也只有鄉下人自己才能明白。滿口方言自然會被嘲笑，努力說普通話反而被笑得更厲害，最後就乾脆不開口。我和同級生們疏遠，除了口音，還有別的原因。譬如烏鴉雖然不招人喜歡，外表更是乏善可陳，但如果只有一隻烏鴉落在枯枝上，看來也還不壞，也許烏黑的羽毛還會泛出幾分光澤。可要是一群烏鴉嘎嘎亂叫，那就只會招人討厭。醫專的學生也是一樣。成群結隊地在街上笑鬧，原本代表著尊嚴的制服帽看起來既愚蠢又骯髒。我很自豪自己是醫專的學生，為了這份自豪感，對那些成群結隊的學生自然避之唯

恐不及。這個理由聽起來很是冠冕堂皇吧。其實坦白說，我和同學們疏遠，還有一個重要原因，就是我常常曠課去外面閒逛。在去松島的遊覽船上遇到那個新生時，我著實嚇了一跳，心裏很不爽。我本以為自己是船上唯一的學生，打算在別人羨慕的眼光中好好遊覽一下松島，結果冒出一個和我穿同樣制服的來。而且看起來是個城裏人，氣質文雅，不管怎麼看都比我更像個秀才，這讓我一下子泄了氣。他一定是個每天認真按時上學的學生。他的眼神清澈冷靜，和我目光相對時，我討好地一笑，點頭行禮。不行，這可不行，兩隻烏鴉都落在船幫上，必定有一隻顯得黯淡無光，我可不想當陪襯。我這麼想著，找了個遠離秀才的角落坐下，儘量不看他。我想，他一定是東京人，說著一口流利的東京話，要是來和我搭話，那我就慘了。我拚命扭過頭去，做出一副一心欣賞松島美景的樣子。可是因為那個秀才，心裏總覺得彆扭。芭蕉❶曾描繪過松島的美景：「諸島高低有致，有聳立向天者，有伏臥波浪者，有起伏跳躍者，亦有如抱如負兒孫者。島上松濤陣陣，墨綠如

---

❶　芭蕉：松尾芭蕉（1644–1694），江戶時代前期的著名俳句詩人。

蓋。其景如美人梳妝。造化之美，巧奪天工，非筆墨可以形容。」這樣的美景，我也無心欣賞。船到松島一靠岸，我便第一個跳上沙灘，逃也似的奔向前去。等到一個人時，我才鬆了一口氣。寬政年間出版過《東西遊記》的著名醫師橘南溪在《松島紀行》中說：「遊覽松島必乘船，必登富山。」當時到松島已有火車，我特意步行至鹽釜就是為了從鹽釜乘船去松島。遇到那個和我穿同樣制服，卻顯得比我優秀的學生，讓我有些敗興。對於眼前號稱堪比洞庭、西湖的日本第一美景也提不起興趣，眼中的大海啊，海島啊，松樹啊什麼的，也沒什麼特別，心想不如去登富山吧。從富山上俯瞰松島全景，應該能讓我一掃剛才的鬱悶。這麼想著，才發現自己也不知道富山到底在哪兒。算了，反正登上高處，自然能看到松島灣的全景。胡亂撥開野草，在山路上跑了一陣兒，終於停下來歇口氣時，回頭看了看松島灣。眼前的景色畢竟一般，完全不像橘南溪所描繪的「堪比西湖美景，放眼天下，無能出其右者」。也許橘南溪看到的美景要到更高處才能體會，這麼想著，我振作精神，準備繼續登山。也許是因為已在深山中，我不知不覺迷路了。周圍都是茂盛的樹林，好不容易鑽出樹林，

才發現自己到了山後，眼前只有平淡無奇的農田，和奔馳在東北線鐵道上的火車，哪兒有什麼更好的美景。看來我是翻過了山頭。我垂頭喪氣地坐在草地上，這才感覺肚子有點兒餓了，吃了帶來的飯糰，便一下子躺倒在地上，迷迷糊糊地睡著了。

朦朧中好像聽到歌聲。沒錯，是當時的小學歌曲 —— 《雲之歌》。

> 轉眼間越過了山
>
> 眼看著飄過了海
>
> 雲啊雲，不可思議
>
> 雲啊，雲啊
>
> 變成了雨，變成了霧
>
> 雲啊雲，不可思議
>
> 雲啊，雲啊

聽到這兒，我「撲哧」一聲笑了出來。也不知是跑調了還是怎麼的，唱得實在難聽。而且肯定不是孩子唱的，是個大人的破鑼嗓子。小學時我就害怕唱歌，勉強能唱的

只有《君之代》一首，但比起這個唱《雲之歌》的人，我可就強多了。我默默聽了一會，發現他一直在反覆唱《雲之歌》。估計這人也知道自己唱歌不怎麼樣，所以才選在這樣人跡罕至的深山裏練習吧。作為同樣五音不全的人，我突然有些好奇，很想看看這個人長什麼樣子。我站起身，循著歌聲而去。這歌聲有時聽起來近在咫尺，有時又忽然遠去，但一直沒有間斷。忽然，等我意識到的時候，我已經差點和這歌聲的主人撞個滿懷。我有些慌張，對方也挺狼狽，原來就是方才那個同船的學生。他白皙的臉微微泛紅，也許是為了掩飾自己的難為情，笑著和我打招呼：「剛才失禮了。」

有口音。不是東京人。我立即作出了判斷。正因為糾結於自己的口音，我對別人說話的口音也很敏感。也許他的家鄉離我不遠，我不由對這個歌唱天才有了好感。

「哪裏，是我失禮了。」說這句話時我特意強調了自己的地方口音。

當時我們站在一個有松林的山坡上，能眺望到遠處的松島灣，景致不錯。

我們並肩站在山坡上，看著眼前號稱日本第一的美

景。「也許是我對景色不怎麼敏感，我實在看不出松島美在哪裏，剛才在山裏沒頭沒腦地轉了半天了。」

「其實我也不明白。」他的東京話也不標準，結結巴巴的，「但我能感覺到很安靜，很寧靜。」他苦笑著用德語說：「Silentium（寧靜），太安靜了，讓我感到不安，所以才大聲唱歌的，結果也沒有用。」

我想說「誰說沒用，那樣的歌聲，只怕整個松島都震動了吧」，但忍住了。

「是太安靜了，我想要點兒別的。」他認真地說，「春天來怎麼樣啊。海岸這一帶都是櫻花，花瓣像波浪一樣湧動。要是再下點兒雨。」

「你這麼說我就明白了。」他的想法挺有意思。「這兒的風景適合老年人吧，太簡單安靜了。」我也隨聲附和了一句。

他臉上浮現出意義不明的微笑，點了一支煙。

「這就是日本的風韻吧。讓人總覺得不滿足，沉默。Sittsamkeit（端莊、莊重）。真正的藝術也許就是這樣。不過我理解不了。以前的日本人怎麼會把這麼安靜的地方作為日本三景之一？安靜得不似人間。我們那兒的人，是無

法忍受這種寧靜的。」

我脫口而出：「你是哪裏人？」

他笑得很奇怪，不說話只是看著我。我有些不自在，又問了一遍：「你不是東北的，對吧？」

他突然有些不高興，說：「我是中國人，你不應該不知道吧。」

「啊啊！」

我突然明白了。據說今年仙台醫專招收了一名清國留學生，和我們同時入學，看來就是他了。怪不得歌唱得不好，說話也帶有些奇怪的演講腔調。原來是這樣。

「真是抱歉啊。我真的不知道。我從東北鄉下地方來，也沒什麼朋友，覺得學校無趣，總是曠課，所以學校裏很多事我都不知道。其實我就是一隻 Einsam（孤獨）的鳥。」說完自己都有些意外，竟能說得這麼流利。

事後回想，當時的我很害怕學校裏那些從東京、大阪來的學生，和房東一家人也不怎麼來往，雖然不能說有交際障礙，但的確不善也不願交際。但在松島，我能和來自遙遠異國的留學生自然親密地開始交談，除了周君的人格魅力，另一個更顯而易見的原因，就是只有和周君說話

時，我能完全擺脫自己來自鄉下的自卑感。和周君交談時，我完全忘記了自己的方言口音，甚至能輕鬆地說些俏皮話，這一點我自己都覺得不可思議。有時我會得意忘形，讓自己不靈活的舌頭學著東京人的腔調來上幾句，要是對方是日本人，聽到我這麼個鄉下人努力捲起舌頭發出奇怪的聲音，要麼愕然，要麼便會大笑。可我這位異國的朋友，完全沒有意識到，從來也沒有嘲笑過我的口音。我有時候問他：「我的口音奇怪嗎？」他對我的問題感到莫名其妙，說：「沒有啊，你說話聲調分明，很好懂啊！」發現有人比我使用東京方言還辛苦，讓我心情大好。這恐怕也是我和周君交往越來越密切的一個原因。這麼說可能有些可笑，我有自信自己比這個清國來的留學生日語說得好。因此在松島的山坡上，知道對方是中國人以後，我忽然勇氣倍增，說話也流利了，他總是時不時蹦出幾個德語單詞，那我就也說些什麼「孤獨的鳥」之類的裝腔作勢。但周君似乎對孤獨這個單詞很是中意，一邊小聲嘟囔著「Einsam（孤獨）」，一邊看著遠方思索著，然後突然對我說：「可我是一隻 Wandervogel（候鳥），我沒有故鄉。」

「候鳥！」這個詞不錯。看來比我德語好多了。我還是

算了，別和人家拽德語了。我決定改變策略。

「那你在國內的家庭條件一定不錯吧。」我問了個很俗氣的問題。

他沒回答，只是笑著說：「以後我們做朋友吧。你不討厭中國人吧。」說著有些臉紅。

「好說好說。」現在想想，我當時怎麼能說那麼輕浮而沒有誠意的話呢。那時的周樹人君遠離故土，被孤獨感包圍，來到據說與他故鄉西湖景色相似的松島，卻還是無法排遣寂寥憂鬱之情，於是不管不顧放聲歌唱，卻意外遇到一個我這麼一個蠢笨的日本醫專生。他很認真地想和我交朋友，可我呢，從老早以前就巴望著能有個人讓我無所顧忌地交談，特別是試試東京話，現在終於找到這麼個人，我一下子高興得昏了頭，完全沒想到對方的心情，漫不經心地說什麼「好說好說」。就連「我最喜歡中國人了」這種平時連想都沒想過的話都說出來了。

「謝謝你。其實說句失禮的話，你長得真像我弟弟。」

「那可是我的榮幸啊。」我就像個真正的城裏人那樣，說著客套話，「那你弟弟是不是也像你這樣聰明啊？這一點恐怕和我不像吧。」

「怎麼說呢，你是有錢人，我弟弟可是窮人，這一點也不一樣吧。」他爽朗地笑著說。

「怎麼會呢？」到底還是不會交際，有點兒沒法應對了。

「真的。我父親去世後，我們家就散了。雖然有故鄉，可也和沒有一樣。我們家本來家境還不錯，突然敗落了，才體會到世態炎涼。我被寄養在親戚家，其實就是要飯的。可我不服輸。不過誰知道呢，也許已經輸了。der Bettler（乞丐）。」他小聲說著，扔掉香煙，用腳尖踩滅，繼續說道：「在中國，要飯的人叫『花子』。明明是要飯的，卻要和『Blume（花）』聯繫起來，可一點兒也不Humor（幽默）。這是愚蠢的Eitelkeit（愛慕虛榮）。誰知道呢，也許我的身上也留著虛榮的Blut（血）。現在的中國也是這樣，現在的世界上，依靠可憐的虛榮生活著的，只有那個Dame（女士），那個Gans（女人）❶。」

他一激動，德語單詞就接二連三地冒出來，我這臨時冒充的交際家終於應付不了了。比起東京話，其實我更怵

---

❶ 指慈禧。

德語。窮於應答的我終於憋出一句：「比起母語，你好像德語說得更好吧。」算是報了一箭之仇。總之，要想辦法不讓他再說德語了。

「不是的。」他好像沒聽出我的嘲諷，認真地搖了搖頭，說：「我怕你聽不懂我說的日語。」

「哪裏哪裏，你的日語很好。就說日語吧。我的德語，其實……」我終於找到機會終止他的德語。

「那好吧。」他忽然有些不好意思，恢復平緩的語調說道：「我淨說些蠢話吧。不過我今後還打算繼續學德語，日本醫學先驅杉田玄白也是先從語言學起的。藤野先生上課時專門講了杉田玄白學習蘭學 ❶ 的苦心，你當時 ── 」說到這兒，他看著我笑了。

「缺席了。」

「沒錯。當時我就沒看到你。其實入學典禮那天我就注意到你了，你那天沒戴制服帽吧。」

「沒戴。總覺得戴那個帽子有些丟人。」

「我想也是這樣。那天沒戴制服帽的新生只有兩個，一

---

❶ 蘭學：江戶時代，通過荷蘭傳入日本的歐洲的科學、文化、藝術的總稱。

個是你，另一個嘛，就是我了。」說著有些得意地笑了。

「是這樣啊。」我也笑了，「這麼說，你也是 —— 」

「是啊，覺得丟人，那個帽子就像樂隊的帽子。後來我每次來學校都會找你。今早在船上看到你真高興，可是你怎麼故意躲我呢？一下船就跑得沒影兒了。不過好在又碰上了。」

「風太冷了，咱們下山吧。」我不知怎麼回答，趕忙轉移話題。

「也是啊。」他點頭。

我靜靜地跟在周君身後下山，感覺他就像自己的骨肉至親。身後的松林傳來松濤陣陣。周君回身看著：「這下算是完滿了。剛才總覺得缺點兒什麼，就是這風吹過松林的聲音，讓松島完滿了。松島不愧是日本第一美景啊。」

「你這麼一說，我也覺得。不過我覺得還是缺點兒什麼。有一說叫『西行 ❶ 的回轉松』。我覺得這說的不是西行看到山中一棵松樹姿態奇絕返回觀賞，而是西行來到松島

---

❶　西行：俗名佐藤義清（1118–1190），平安時代末期至鎌倉時代初期著名武士、僧人及詩人。

後也覺得有所欠缺，悶悶不樂地返回途中，總覺得自己落下了什麼重要的東西，於是從這棵松樹處返回松島。」

「你這麼想是因為你太愛這個國家了，才會有這種不滿足。我出生在中國浙江省紹興市，那裏被稱為東方威尼斯，周邊有著名的西湖，有很多外國遊客對她讚不絕口。可在我看來，那裏的風景都是經過一番粉飾的。生活的粉飾，或者說是人類歷史的粉飾。西湖就是清朝的後花園，西湖十景也好，三十六名勝、七十二名勝也罷，都沾滿了人間的污垢。松島卻不同。松島是和人類歷史隔絕的，文人墨客也不能玷污分毫。即使是天才芭蕉，不也沒法將松島寫進自己的詩作嗎？」

「可是芭蕉把松島比作西湖呢。」

「那是因為芭蕉沒看過西湖。如果他去看了，就不會這樣比喻了。兩者完全不同。松島倒有些像舟山群島，不過浙江的海沒有這麼寧靜。」

「是嗎？不過日本的文人墨客自古就仰慕貴國的西湖，一聽說松島和西湖相似，就都跑來看看。」

「這我也聽說了。就是聽說過才來的。可是，一點兒也不像，貴國的文人該從西湖的夢裏醒醒了。」

「可西湖一定有她的優點吧。你也是太愛故鄉了，所以才這麼苛刻。」

「也許吧。真正的愛國者是敢於說自己國家不好的。其實比起什麼西湖十景，我更喜歡浙江鄉下平凡運河的風景。我們國家那些文人們吟誦的所謂名勝，在我眼裏都不過如此。錢塘江的大潮的確讓人振奮，但潮水過後也不過如此。我不相信那些人，他們都是些酒色之徒，他們的文章不僅遠離現實，還很墮落。」

下山後我們來到海邊，大海在夕陽下熠熠生輝。

「景色真不錯。」周君微笑著兩手枕在腦後說：「不知月夜如何。今天是陰曆十三，你這就要回去嗎？」

「還沒決定。學校明天也放假嘛。」

「我想看看月夜的松島，你陪我一起看吧。」

「好。」

我其實怎樣都行。就算學校沒放假，我也會時常翹課。利用兩連休的假日出來玩，也是顧慮到房東一家人的眼光，畢竟我還是個學生，讓他們覺得我太懶惰不好。其實什麼兩連休三連休對我完全不是問題。

敏感的周君察覺到我總是附和他的意見，笑著大聲

說：「可是後天你要去學校，和我一起上課，一起抄筆記啊。我的筆記總是抄不好，筆記對一個學生來說，就是──」他頓了頓，「Preiszettel（價簽），」又用了我害怕的德語，「上面寫著幾元幾角。要是沒有這個，別人就不相信我們了。這就是學生的宿命吧，即使無聊也要抄。不過藤野先生的課很有趣。」

在我和周君初識的第一天裏，他就數次提到藤野先生。

那天晚上，我和周君投宿在松島海邊的一家旅館，現在回想起來，還覺得不可思議，當時的自己怎麼會那麼毫無戒心。不過，有些人就是能給人安全感，我已經完全對這個清國來的留學生放心了。換上旅館的棉和服的周君，看起來就像是有錢人家的少爺，十分漂亮。他的東京話說得比我好，只是和旅館的女傭們說話時，總是用些女性用語，這讓我很不舒服。聽了幾次之後，我終於忍不住撅著嘴和他抗議，讓他停止使用女性用語。他一臉驚訝問我說，在日本，不是對小孩說話時就要用小孩用語，對女性說話時難道不該用女性用語嗎？我回答說，這麼說太噁心了，我聽不下去。周君似乎對「噁心」這個詞深有感觸。他說日本的美學其實很苛刻，不能「噁心」的這個戒律除

了日本全世界哪兒都找不到。其實現在清國的文明就讓人「噁心」。那天晚上我們喝了點兒酒，談笑到深夜，幾乎忘記了要看松島月夜這回事兒。後來周君告訴我，他來日本後還從來沒有這樣聊過天。那天，他以讓人吃驚的熱情，對我講了他的出身、經歷、願望和清國的現狀。他說：

「日本的崛起是靠一批研習西方醫學的人打響了第一槍，現在的中國就需要學習吸收西方科學來對抗西方列強，如果一味以大國自居，就會步鄰國印度的後塵。在精神境界上，自古以來東方要比西方深入而完備，西方最傑出的哲學家曾接觸過東方哲學，雖然只看到了冰山一角，但也足以讓他們驚嘆不已。但西方用科學彌補了他們在精神層面上的貧乏。科學的發展有助於人們現實生活中的享樂，因此對現世生命異常執著的西方人便全力發展科學，以至於滲透到東方的精神世界中。日本最早察覺到科學的暴力性，主動學習以為本國用，並取其精華去其糟粕，防止了科學擾亂本國風氣。從這一點可以看出，日本是東方最聰明的一個獨立國家。科學雖然不是人類最高的道德境界，但一手捧思想的寶玉，一手持科學的利劍，便可讓列強無法染指日本，使日本成為世界首屈一指的理想國家。

清朝政府在科學發展上無所作為，只能坐視列強的侵略，卻還說什麼大河不會被溪流污染，只是急於維護大國顏面，粉飾自己的失敗，根本沒有勇氣正視西方現代文明本質的科學，更別說學習研究。學生們仍然在學習八股文，崇尚繁文縟節，卻看不到列強們正在冷眼嘲笑這個國家只是虛有其表的自尊。我比誰都愛國，正因為愛，才有更多的不滿。現在的清國，用一句話說就是太懶惰，陶醉於莫名其妙的自負。其實古老的文明不只中國有，印度、埃及也是文明古國，可她們的現狀又如何呢？中國應該引以為戒、應該警醒。自以為是文明古國的自負，最終會毀了中國。中國現在已經沒有退路了，必須拋掉不切實際的自負，與西方文明對抗。不入虎穴焉得虎子，為今之計只有深入其國，儘快學習西方科學文明的精華。我聽說最早給德川幕府的鎖國政策敲響警鐘的，就是蘭學這門西方科學。我就想成為中國的杉田玄白。

「在科學中，西方醫學最吸引我。究其原因，其中之一就在我慘痛的童年經歷中。我家原本也有些田地，家境殷實，我十三歲那年，祖父因為犯事入獄，全家為此受到親戚、鄰居的欺負。加之父親又得了重病臥床不起，我家

便一下子敗落了。我和弟弟被分別送到親戚家寄養。親戚家的人說我是要飯的，我氣憤不過回到了自己家。之後的三年我每天來往於當舖和藥店之間，可父親的病總不見好。藥店的櫃枱和我一樣高，當舖的櫃枱比我高一倍。我總是從比我高一倍的櫃枱上遞上衣物、首飾，在掌櫃的侮蔑中拿到幾個錢，就馬上奔去藥店。回家後還有很多別的事要忙。父親常看的大夫是當地的名醫，他的處方裏總有些奇奇怪怪的東西，什麼蘆根啦，經霜三年的甘蔗啦。我每天早晨都要去河灘採蘆根，還要找經霜三年的甘蔗。這個大夫治了兩年，父親的病越發重了。後來換了個更有名的大夫。這次不要蘆根和經霜三年的甘蔗了，變成蟋蟀一對兒、平地木十株、敗鼓皮丸等更加不可思議的東西。蟋蟀一對兒後還有附註：『要原配，即本在一窠中者。』原來昆蟲也要貞節，那些續弦或再醮的，便連入藥的資格也沒有。不過找蟋蟀倒不費事。我家後面有個花園叫百草園，是個雜草叢生的大園子，也是我幼時的樂園。那裏有很多蟋蟀，我便捉了同一個洞穴裏的一對蟋蟀當作所謂『原配』，用一根線綁了，扔進藥罐。可『平地木十株』就難辦了，誰也不知道是個什麼東西。問藥店，問鄉下人，問賣

草藥的，問老年人，問讀書人，問木匠，都只是搖搖頭，臨末才記起了那遠房的叔祖，愛種一點花木的老人，跑去一問，他果然知道，是生在山中樹下的一種小樹，能結紅子如小珊瑚珠的，一般都稱為『老弗大』。於是，『平地木十株』也總算找到了。還有一個『敗鼓皮丸』。這種丸藥是那位名醫的拿手處方，據說治療父親的水腫病有奇效。賣這種神藥的藥店我們那裏只有一家，離我家五里遠。這種藥是用敲破的鼓皮做的。據說由於水腫也是一種鼓脹，因此服用破了的舊鼓皮便可立即見效。我雖然還是個孩子，可也不相信什麼破舊鼓皮可以治病，因此為了買藥往返五里路便很覺得苦。但我的努力最終全都白費了，父親的病一日重似一日，已經奄奄一息。那位大先生卻還是神態自若，在我瀕死父親的枕邊說什麼這是你前世的業報，古人云『醫者能治病不能治命』。又說辦法還有一個，那是他家傳的秘方，把一種靈丹放在病人舌下，古人云『舌乃心之靈苗』。他說這種靈丹十分難得，如果我們想要可以忍痛割愛，價格也特別優惠，一盒只要兩個銀元，問我要不要。我正在猶豫，沒有馬上回答他，卻看見病床上的父親看著我輕輕搖頭。父親也和我一樣對這位名醫的醫術絕望

了。我束手無策，只能坐在父親床邊，等著父親死去。那天早晨，父親的狀況越發不好，來了一個叫阿衍的好管閒事的鄰居大嬸。她看到父親的樣子大吃一驚，說你還呆著幹什麼，你父親的魂魄就要飛走了，你還不快喊回來！大聲喊！喊『父親！父親！』你要不喊，你父親可就死了！我雖然不信，可就像溺水的人抓住了稻草，開始大喊『父親！』阿衍說聲音要再大點兒。於是我更大聲地喊『父親！父親！』『再大聲！再大聲點兒！』阿衍在旁邊說。我喊得喉嚨都要出血了還在不斷地喊，可是看起來根本喚不回父親的魂魄。在我的呼喊聲中，父親的身體漸漸冷了。這是父親三十七歲，我十六歲那年秋天的事。我至今都記得那天自己的喊聲，根本忘不了。一想起那是自己的喊聲，我就抑制不住憤怒。這種憤怒既是對當時年少無知的自己，更是對中國的現狀憤懣。什麼經霜三年的甘蔗、原配的蟋蟀、敗鼓皮丸，都是些什麼啊！全都是騙子。用大聲呼喊換回瀕死之人的靈魂是多麼可恥又可憐的思想。還有醫者能治病不能治命更是謬論，厚臉皮的託詞而已。我不知道『舌乃心之靈苗』是哪個聖人說的，真是莫名其妙。

　「看看吧，中國聖人君子的話，都成為騙子的武器。我

自小就讀聖賢書，可所謂的『古人言』已經墮落成社交的詭辯，只留下可憎的偽善和愚蠢的迷信，早已喪失了這些思想誕生之初的本來面目。不論多偉大的思想，如果淪為高談闊論的裝飾，那便喪失了生命力。已經不是所謂思想了，而是文字遊戲。原本讓西方無法企及的東方的精神世界，在無休無止的自我陶醉中也在逐漸枯竭。

「這樣不行！自從父親死後，我便對周圍的生活抱著懷疑和反感。一番思考之後我決定離開家鄉去南京。我要學習新的知識，只要是新知識，什麼都行！母親哭著送我，籌措了八塊銀元作為盤纏。我便帶著八塊銀元踏上異路，前往異地，追尋別樣的人生。到了南京選擇學校時，第一要不收學費。於是進了江南水師學堂。那是所海軍學堂，我被要求練習爬旗杆，卻學不到什麼新知識。唯一的新知識就是 It is a cat、Is it a rat? 這樣的英語啟蒙。恰在那時，康有為上書皇帝呼籲效法日本明治維新，革除舊弊，學習西學，以重振國力。即所謂『變法自強說』。皇帝採用了康有為的變法說，著手對國政進行大幅改革，可是遭到那個愛慕虛榮的 Dame（女士）和周圍頑固勢力的反對，最終新政只維持了百日便宣告失敗。皇帝被幽禁，康有為與

他的同志梁啟超從屠刀下逃脫，亡命日本。對戊戌政變的慘劇視若無睹，只是坐在課堂裏念 It is a cat，我做不到。我已經十八歲了，不能再庸庸碌碌無所作為，我必須儘早學習真正的新知識。於是我決定轉校。我選擇了南京礦路學堂，那裏也不要學費，是所礦山學校，除了地質學、礦物學，還開設物理、化學、博物學等課程，都是新鮮的洋學，因此我終於能靜下心來學習。外語也不再是 It is a cat，而是 der Man（這是男人），die Frau（這是女人），das Kind（這是孩子）。我一直覺得德語比英語更接近西方文明的核心，因此能學習德語也讓我很高興。校長也是維新派，愛讀梁啟超主編的雜誌《實務報》，對『變法自強說』也是暗中支持。國文考試題不再是儒家的聖賢書，而是《華盛頓論》。那些儒家老先生們看了試題，不知『華盛頓』為何物，倒要反過來問學生。學生中也流行讀新書，其中最受歡迎的是嚴復翻譯博物學者 Thomas Huxley 寫的 *Evolution and Ethics*，漢語名為《天演論》。我也在某個週日，特意去城南買了這本書，五百文，很厚的一本石印白紙本。我是一口氣讀完的，至今腦海中還清楚地記得開頭的幾頁。之後，各種西學譯作陸續出版。當時我的外語

水平還讀不了原著，自然要借助漢語譯作，先後讀了《物競》、《天擇》，知道了蘇格拉底、柏拉圖、斯多葛。我是手邊有什麼就讀什麼。當時，讀新書學洋務，社會上便以為是一種走投無路的人，只得將靈魂賣給鬼子，要受加倍的奚落和排斥的。可我們毫不在意，仍然繼續探索魔鬼的洞穴。

　　「學校沒開設生理學課程，可我讀了木版印刷的《全體新論》和《化學衛生論》，越發明確地知道中醫不過是有意或無意的騙術。不只我的思想起了風暴，整個中國知識階層中也刮起了維新救國的思想風暴。當時，德國租借了膠州灣，俄國租借了關東，英國租借了對岸的威海，法國租借了南方的廣州灣，各國相繼在中國獲得了鐵道、採礦的各種特權，美國也正在尋找入侵東方的時機，終於獲得了夏威夷，更加快了入侵東方的腳步。之後美國又在與西班牙的戰爭中佔領了菲律賓，以此為立足點開始了對中國的干預。中國的獨立已經如風中的燭火般岌岌可危，國內民眾自然爆發出救國的呼聲。可是，中國國內事件不斷，先是戊戌政變，兩年後的義和團之亂，讓清政府的無能暴露在全世界面前，並最終發展成國家的致命之亂。

「第二年十二月，我從礦路學堂畢業，卻根本沒有信心能夠作為礦山技師找到礦脈。因為我自從入學後就從來沒想當個礦山技師。為了改變中國現狀，我一定要學習新知識。所以三年間，我雖然人在礦山學校，學的卻全和礦山無關，我的所有學習都是為了了解西方科學的本質。因此那時的自己雖然畢業了，實際並沒有礦山技師的資格。我已經二十一歲，要儘快決定人生之路怎麼走。義和團之亂，不僅讓西方列強看透了清政府，也讓中國民眾看清了清政府的無能，為了保持中國的獨立，滅清興漢的革命運動勢在必行的思潮風起雲湧，亡命海外的孫文提出了他『三民主義』的政治綱領，並將其作為中國革命的旗幟，指導他國內的同志們。我們這些學洋務的學生們也大半成了『三民主義』的狂熱信徒。有很多人放棄學業，投身革命，呼籲打倒無能的清政府，創造漢民族的新國家，爭取國家獨立，對抗西方列強。在這股風潮影響下，我也意識到必須果斷採取行動救國於危難之中，但同時也認為，當務之急應是更進一步地了解西方文明的本質。我的學問還很幼稚，可以說是一無所知。我理解那些放棄學業投身政治運動的學生們的憂國之情，雖然我們的最終目標一致，但我

目前的熱情不在具體的政治運動，而在對列國富強原動力的探究上。雖然當時我並不能明白地知道這原動力就是科學，但我模糊地認為只有去德國，才能探明西方文明的精髓，才能解決我人生方向的問題。

「我沒什麼錢，當初離開故鄉去南京已經是傾盡所有了，現在要去萬里之外的德國留學，簡直就是妄想。去不了德國，剩下的唯一選擇就是去日本。當時政府出資，每年都往日本派遣留學生，兩三年前張之洞所著的《勸學篇》也力薦留學日本。他說日本雖是小國，但在短時間內崛起，皆因伊藤、山縣、榎本、陸奧等曾在二十年前出洋留學的留學生們。百餘留學生不堪坐視國家受到西方列強脅迫，分別前往德國、法國、英國等西方國家，或學習政治工商，或學習水陸軍事，學成歸國後出將入相，使得日本政治面貌煥然一新，雄霸東方。由此他得出結論：『遊學之國，西洋莫如日本。』

「他所列舉的理由有四。一是日本乃中國近鄰，可節省路費，從而派出更多的留學生。二是日語與漢語接近，容易學習掌握。三是西學甚繁，但其中精要已被日本人刪繁就簡以為己用。四是中日形勢、風俗相近，從日本學習有

事半功倍之效。由此可知，張之洞之所以推薦留學日本，並非仰慕日本固有的文化，而是認為中國應當學習的仍是西方文明，只不過日本已經成功地將西方文明刪繁就簡，並以為己用，因此不如從日本處學習更加方便有效。那時去日本的留學生每年都在增加，大都抱著和《勸學篇》中大同小異的想法。我也不例外。既然德國去不了，那去日本也好。於是應徵了國費留學生並通過了。其實我對於日本完全沒有了解，便去拜訪了礦路學堂的一位前輩，據說他曾經在日本遊學。我向他請教遊學日本的心得，他告訴我說去日本最頭疼的是布襪，日本的布襪根本沒法穿，最好從國內帶足夠的襪子去。還說紙幣有時用起來不方便，不如換成日本的現銀帶去。於是我趕忙買了十雙布襪，又將所有的錢都換成日本的一元銀幣。帶著重重的錢袋，從上海登船前往橫濱。誰曉得那個前輩的遊學心得竟過時了。在日本學生都穿制服，穿鞋襪，我準備的布襪完全用不著。還有那些一元銀幣，原來日本早就廢止了。我又費了一番周折，才將銀幣又換回紙幣。不過這都是後話了。

「我在明治三十五年（1902）二月，從橫濱登岸，當時我二十二歲。看著眼前的日本，我的心裏湧起一種從未

經歷過的，說不清道不明的模模糊糊的喜悅，『這就是日本，這就是我要專心學習新知識的先進國家』。先前不能留學德國的遺憾已經煙消雲散了，那種不可思議的被解脫的喜悅，也許除了親眼看到中國重新站起的那一刻，再不會有了。我乘上去新橋的火車，看著車窗外的風景，立刻感受到日本的清潔感是全世界哪裏都沒有的。也許並非刻意，但田地都被劃分得十分工整。延伸的工廠區裏，黑煙雖然籠罩著天空，但能感受到清爽的風從一棟棟廠房間穿過。那種井然有序的緊張感是中國根本不存在的。後來，我每次在東京的清晨散步，都能看到各家各戶的主婦們頭上包著雪白的手巾，束起衣袖，手腳麻利地揮著拉門。緊張而又忙碌的主婦們的身影沐浴著晨曦，就像是整個日本的縮影，讓我一下子了解了日本的本質。這就像我從橫濱到新橋的路上感受到的那種值得讚賞的清潔感，雖然只是一瞥，但印象深刻。在日本，沒有多餘的，沒有倦怠的身影。那一刻，我感到我來日本是對的。我興奮得無法安坐，從橫濱到新橋的一個小時，我都是站著的。到東京後，在留學生前輩的幫助下，我很快找到了住處。之後我便流連在東京各處，上野公園、淺草公園、芝公園、隅

田堤、飛鳥山公園、帝室博物館、東京教育博物館、動物園、帝國大學、植物園、帝國圖書館，完全是流連忘返。有時我並不去哪兒，只是在市內閒逛。就像你說的你剛到仙台一樣，不，也許比那更興奮十倍。

「直到我進入弘文學院學習，我才逐漸從這種陶醉中清醒過來，往常的懷疑與憂鬱又開始頻繁襲來。在我來到東京的明治三十五年前後，來日的清國留學生驟增。兩三年間，東京便集中了兩千多名清國留學生，於是東京也出現了很多學校專門接收這些留學生，教語言，以及地理、歷史、數學等基礎知識。其中不乏一些為了大賺一筆而只求速成的無良學校。在所有這些學校中，我上學的弘文學院無疑是在日清國留學生的大本營。學校規模大、設施齊備，教師、學生都十分認真，可是我卻一日比一日浮躁，完全無法做事。原因嘛，一個就是你剛才說的，幾百隻烏鴉聚集在一起讓人討厭，同類多了會彼此厭煩。雖然聽起來可笑，但這也確實是一個原因。我也是清國留學生，可以說是由政府選拔出來的秀才了，為此我很自豪，也很努力。可是秀才太多了，東京幾乎遍地都是，所以自己覺得很掃興。到了春天，上野的櫻花爛漫的時節，望去確也像

緋紅的輕雲，但花下也缺不了成群結隊的『清國留學生』，或躺或臥，談笑風生的，於是讓我一下子沒了賞花的心情。這些秀才們，頭頂上盤著大辮子，頂得學生制帽的頂上高高聳起，形成一座富士山，真是要多滑稽有多滑稽。也有解散辮子，盤得平的，油光可鑑，實在不能不佩服他的苦心。除下帽來，真不知是男是女，從背後看真有幾分妖艷，讓人直起雞皮疙瘩。像我這樣剪了辮子的，都要遭受輕蔑的眼光。這些千挑萬選出來的秀才們，坐火車時蜂擁而入，在車廂裏反倒鬧起了謙讓的把戲，生怕別人不知自己來自禮儀之邦，你推我讓，吵作一團。甲讓乙坐，乙又讓丙坐，丙再讓丁坐，丁自然鞠躬如儀，一定要讓甲坐，看得車廂中的日本乘客們面面相覷。這邊讓座的戲碼還沒演完，只聽『咣當』一聲，火車一開動，我們的秀才們就倒了一大片。我躲在車廂角落看著眼前的一幕，說不出是感到恥辱抑或別的什麼。不過，這其實也不應深責，也許是我對於同胞們天真的行為過於刻薄了。

「我憂鬱的另一個原因，就是這些秀才們不知學習。我雖然不十分清楚中國的革命現狀，但我也知道有三合會、哥老會、興中會這些革命黨的秘密社團，他們都推孫

文當盟主，團結在一起。早先逃亡來日本的康有為等主張改良，與孫文的革命思想不相容，於是康有為秘密離開日本前往歐洲。現在孫文的三民五憲說具有壓倒性優勢，在明確的綱領下，革命活動越發活躍。孫文自己也出現在東京，得到日本志士的聲援，出謀劃策，東京已經成為了中國革命運動的據點。留日學生自然十分興奮，只要聚到一起便會高呼打清興漢，不僅學業，簡直萬事皆可捨棄的樣子。雖然說這是憂國憂民的情之所至，可其中也不乏渾水摸魚之輩。有些人只想藉此出人頭地。據說有人在無良學校裏學了一個月的肥皂製造，便拿到了所謂畢業證書，立即回國製造起了肥皂，大賺了一筆。我有時也會去位於神田駿河台的清國留學生會館，每次二樓的地板便常不免要咚咚咚地響得震天，兼以滿房煙塵鬥亂。次數多了，我便忍不住問了問事務所裏的日本人樓上在做什麼，那位大叔苦笑著答：『那是學生們在學跳舞呢。』我已經無法和這些秀才們為伍了。現在的中國，正是需要新知識的時候。雖然為了對抗西方列強，打清興漢的政治運動也是當務之急，可學習新知識，了解西方列強強盛的本質才是我們這些學生的本業。我一直尊重孫先生，同意他的三民五憲

說，但在三民主義的民族、民權、民生中，我認為民生最容易理解。總在我眼前揮之不去的，就是小時候的那三年，為了給父親治病，每日往返於當舖與藥店之間，相信那個號稱名醫的騙子，到處搜尋什麼平地木和原配的蟋蟀的自己的身影。晚上睡不著時，耳邊迴響的是相信迷信，一遍遍呼喚瀕死父親的自己的聲音。這身影、這聲音，就是中國的民眾，並且直到現在也沒有絲毫改變。所謂聖賢書，只是生活中的虛假裝飾，民眾相信神仙迷信，病人被迫購買高價的敗鼓皮丸，卻日復一日病弱下去。這樣的中國到底該怎麼辦？

「出於對悲慘現狀的憤怒，我才會暫時出賣靈魂學習洋務，告別母親，背井離鄉。我的願望只有一個，那就是同胞的新生。如果沒有民眾的教化，那何謂改革、何謂維新？我們這些學生不承擔民眾教化的責任，誰又來承擔呢？所以我必須學習，必須加倍努力地學習。我讀過漢譯本的《明治維新史》，了解到明治維新的思想開端是起源於一批蘭學學者。我想我找到了。正因為如此日本的維新才取得了偉大的成功。因此，必須讓民眾了解科學的力量，促使民眾的覺醒，再引導之。否則不論何種方式的革命必

定十分困難。科學是第一要務，這是我讀了明治維新史後的感受，感到自己找到了今後的方向。現在的中國必須依靠科學的力量，往大處說，才能和西方對抗，才能保證獨立，往小處說，才能讓民眾過上更好的生活，給他們新生的希望，促使他們努力。也許這只是我一個天真的夢，那也沒關係。為了實現這個夢，我願意奉獻自己的一生。我今後的人生也許不會有什麼輝煌的亮點，但我會給民眾新生的活力，引導他們走上革命的道路。

「愛國的表達應該是多種多樣的，不必一定投身於政治運動中。我現在必須學的更多。在科學中，我先學醫學。讓我明白新知識必要的，就是童年時遇到的中醫的欺騙。當時的憤怒，讓我離開了家鄉。因此，我對新知識的渴望最初是和醫學聯繫在一起的。在父親床前一遍又一遍呼喚父親的聲音，時刻迴響在我耳邊，激勵著我來到這裏，讓我學醫。從《明治維新史》得知，蘭學學者多數是醫生。有很多是為了學習西方醫學而開始學習荷蘭語。對日本民眾來說，先進的醫學和他們的生活關係最緊密，也是他們最需要的。治療身體的疾病正是民眾教化的第一步。待我醫學有成，我要回國去治療那些同我父親一樣，

被中醫欺騙只能等死的病人。我要治癒他們的疾病，讓他們了解科學的力量，把他們從愚蠢的迷信中解放出來。這就是我要盡全力去做的民眾的教化。還有，等到中國和外國開戰時，我就去當軍醫。為了建立一個全新的中國我不惜粉身碎骨。可是當我終於確定了自己今後的人生道路之後，環顧周遭，我看到的卻是帽子上高高聳起的富士山，是車廂裏上演的過度禮讓的鬧劇，是製造肥皂，是好像打架一樣的跳舞練習。今年二月，日本對北方強國俄國宣戰了。日本的青年踴躍奔赴戰場，議會一致通過了龐大的戰爭預算，國民做出了巨大的犧牲，為每一次號外的鈴聲而歡呼。我認為這場戰爭日本一定獲勝，這樣一個活力四溢的國家不會失敗，這是我的直覺。但同時，自從戰爭開始以後，我又感到恥辱。對這場戰爭人們有不同的看法，我認為中國政府的軟弱無能也是這場戰爭的起因之一。如果中國政府有能力管理好自己的國家，那這場戰爭就不會發生。看起來就好像為了保持中國的獨立，日本才發動了這場戰爭。從某種意義上看，對中國來說這場戰爭有損體面。日本的青年在中國的國土上英勇作戰、不惜流血，而我的同胞們則抱著隔岸觀火的態度冷漠旁觀，這種心理我

實在無法理解。同樣年紀的中國青年們，不知奮起，只知在留學生會館中沉溺於跳舞。我終於決定了，我要離開這群人。也許是出於自我憎惡，也許是整日遊手好閒的同胞們讓我無地自容，如坐針氈。我要去一個沒有中國留學生的地方。我要遠離東京，忘掉一切，專注於自己的醫學學習，不能再猶豫不決。於是我去了麴町區永田町的清國公使館。我終於和東京再見了，和秀才們再見了。

「離開時才覺得孤寂淒涼。我乘火車從上野出發，經過一個叫『日暮里』的車站。『日暮里』這三個字，正契合我當時淒涼憂愁的心境，讓我差點兒落淚。後來經過水戶站，這是明末義臣朱舜水先生客死的地方。想著這個同為Wandervogel（候鳥）的前輩悲壯的心事，多少獲得了一些勇氣。聽說仙台是日本東北地區最大的城市，到了仙台才發現規模不抵東京的十分之一。仙台方言真像是鳥語，與東京話相比，語調的抑揚頓挫更強，很難聽懂。市中心的確繁華，有些像東京的神樂坂，但整個城市有些輕飄飄，讓人感受不到厚重的實力，不像是個日本東北地區的重鎮，反倒是北方的盛岡，秋天頗有東北的厚重感，像是東北的實力所在。仙台仗著自己文明開化的表面繁華壓制

了周邊，才獲得了東北第一重鎮的地位，但內裏其實也是不踏實的。仙台是在伊達政宗的領導下開始文明開化的，但在日本將 der Stutzer（衣著時髦的人）裝腔作勢的人稱作『伊達者』，其實就是在嘲笑仙台這個城市的風氣，完全就是城市化的模仿。毫無自信卻被抬高到東北第一的高度，於是不得不擺出架子，『這是伊達政宗的城市』。不過話說回來，你也說過，像你這樣從北方偏遠之地來的人，到了仙台會被這裏文明開化的表面震驚，從而嘆服也是理所當然的。這也正是仙台的開祖政宗公當初制定策略的用意所在。明治維新後已經三十七年，這已經成為仙台的城市風氣，仙台人雖然底氣有些不足，但還是要做出鄉間紳士的派頭。

「不過，說了仙台這麼多壞話，其實我對仙台並無惡意。一個地方上缺乏產業的城市，也只能靠可悲的裝腔作勢生存吧。因為我今後人生中最重要的一段時間要在仙台度過，所以我認真仔細地研究了這個城市的特性，雖然說了這麼多不滿，但這種城市氛圍也許正適合做學問。其實來到仙台後，我的學習也順利了。也許是『物以稀為貴』，我是仙台唯一一個清國留學生，很受重視。就像你說的，

如果只有一隻烏鴉，那非但不會讓人討厭，烏黑的羽毛看起來還會閃閃發亮。學校的老師們對我也十分熱情和氣，就像對待貴客，這反倒讓我不知所措。如此受重視、受優待，在我還是生平第一次。我想他們一定是高估我這隻烏鴉了，所以我在感激的同時又有些不安，害怕自己萬一辜負了大家的好意。同學們也都覺得稀罕，早晨在教室見到我都會微笑著打招呼，坐在旁邊的同學會主動借給我橡皮什麼的。其中有一個從東京府立一中來的，挺驕傲的高個子，叫津田憲治，對我尤其關心，連我的日常著裝都要操心，總是對我說什麼你衣服領子髒了，該送去洗去。我住在米袋鍛治屋前町的宮城監獄署前面，離學校近，伙食也很不錯，我自己很滿意。可按津田的說法，我不能住在那兒，因為那裏還負責監獄犯人的飲食。『從清國來的留學生怎麼能和監獄的犯人在一個鍋裏吃飯呢，這不是你一個人的體面問題，這會有傷貴國的體面，所以趕快從那兒搬出來。』他和我說了幾次，我只是笑笑，告訴他這種事情我是完全不在意的。可他說我是在和他客氣，沒說實話，因為中國人是最講體面的，怎麼可能不在意呢。他固執地反覆勸說我從那裏搬出。他勸我時態度十分認真，可是也

許內心正在嘲笑我也不一定吧。結果，我也不能完全無視他的好意，就搬到了津田在荒町的宿舍。離監獄是遠了，可伙食卻大不如前。每天的早飯，有一道是生芋頭搗成的芋泥，黏黏糊糊的，我不知該怎麼吃。有天早晨，津田看到這一幕，馬上問我為什麼不吃，還責備我，說芋泥是非常有營養的。他教我給芋泥澆上醬湯，充分攪拌後再倒在米飯上吃。於是，之後的每個早晨，我都不得不把芋泥澆上醬湯攪拌後再倒在米飯裏吃。津田那個人絕不是什麼壞人，可熱情過了頭，讓我受不了。

「不過，除了津田，其他的事情上我沒有任何不滿，都很順利，也許可以說是很幸福。學校的課程都很新鮮，我覺得自己在這裏可以實現我的人生目標。其中藤野先生的解剖學尤其有意思。其實他的講課沒有什麼特別，就像他的為人，但不光是我，其他的學生們也都聽得津津有味。有一幫上學年不及格的留級學生，都是些老油條，據他們說，這藤野先生穿衣服很不講究，有時竟會忘記戴領結。冬天穿著一件短短的舊外套，寒顫顫的。有一次坐火車，致使管車的疑心他是扒手，叫車裏的客人小心些。如此種種。但藤野先生的心靈是高潔的，他的講義也是熱心而含

義豐富的。也許正因為如此，班裏的那些老油條們就覺得先生好對付，上課時會莫名其妙地一下子笑起來。第一次上課，先生彎著腰，腋下夾著大大小小的書出現在教室。他把那些書放在講桌上，用緩慢而很有頓挫的聲調介紹自己，說：『我就是叫做藤野嚴九郎的……』話還沒說完，後面便哄堂大笑。我有些可憐先生。第一次課上，先生介紹了解剖學在日本的發展歷史，那些大大小小的書，便是從最初到現今關於這一門學問的著作。杉田玄白的《解體新書》和《蘭學事始》也在其中。先生用他富有特點的緩慢語調向我們講述了杉田等人在小塚原的刑場解剖犯人屍體時的緊張。先生的第一次講義，暗示並激勵了我的前途，讓我深受感染。我今後的人生目標，就是成為中國的杉田玄白，點燃中國維新的烽煙。」

在松島的旅館裏，當時二十四歲的留學生周樹人，毫無保留地對我傾訴。當然，那晚，周君並不是像做演講似的，一個人長篇大論地按照順序對我講述了中國的現狀和他的身世。我們喝了點兒酒，一直聊到天快亮了。我把聊天的內容整理了一下，又加上後來我了解到的情況，就成了上文周君的講述。總之，聽了他的講述，我十分感動。

我僅僅因為父親是醫生，作為繼承家業的長子必須學醫，所以就順理成章地進了醫專。周君和我不同，他漂洋過海來到日本，他有著沉痛的心路歷程和令人讚嘆的堅定決心。我對這位來自異國的秀才欽佩不已，雖然自己什麼也做不了，但卻十分希望能幫助他實現願望。我們倆能夠成為好友，在周君那方面就像他說的，我很像他弟弟；在我這方面，和他交談，讓我從對自己方言口音的焦慮中解脫出來。不過，兩個人成為好友，其實不需要一一列舉出理由，有個說法叫「投緣」，這個小小的奇跡就發生在我們兩個不同國籍的人身上。但是，起始於日本三景之一松島的這段孤獨者之間純潔的友情，也會不時受到干擾。也許這世上不存在只有兩人的純粹友情吧，必定要加入第三者的牽制、猜疑、嘲笑等等。我們當晚在松島的旅館中毫無顧慮地盡情談笑。

第二天又一起乘火車返回了仙台。在感謝這次偶遇成就了一次愉快的旅行，並約好第二天在學校見之後，我懷著對第二天的期待回到了住處。第二天一早，在房東一家驚訝的目光下，我早早離開住處來到學校，可是在校園裏、教室裏都見不到周君。那一整天，我懷著落寞的心情

聽了各位先生的講義。我和周君不同，我沒有他那樣堅定的目標，所以先生們的講義聽起來既不有趣也不新鮮。那天我還第一次聽了藤野先生的講義。周君將藤野先生誇得那樣好，可我聽後覺得沒有什麼特別。那天的講義正好結束骨學總論，開始骨學分論。先生身旁立著一具真人大小的軀幹骨標本，他就像對待自己的骨肉至親一樣，撫摸著這具標本，講解得十分懇切耐心。可是在我這樣急性子的人看來，這樣的講義不知該說是教師的良心體現，還是過於一本正經，總之過於繁雜，讓我無法忍受。後來我知道了，解剖學就是這樣一門繁雜的學問。可對於藤野先生這樣反覆的熱心講解，我實在是吃不消。那天先生戴了領結，倒有幾分仙風道骨，黑瘦的臉顯得十分嚴謹，鏡片後的目光毫不懈怠地掃視著教室各處。在我看來，先生不但不親切，反而很不好對付。但就像周君說的，教室後面的老油條總是會莫名其妙地爆發出笑聲。要我說，那些留級生們對先生認真的講義感到了壓力，他們的笑是在虛張聲勢，他們想告訴新生們，「我們這些老生根本不怕他，你們也沒必要這麼緊張吧」。我甚至懷疑，那些留級生們都是在藤野先生的解剖學上拿到了不及格，所以才會這麼起哄。

總之，藤野先生的講義絕不像我預期的那樣輕鬆愉快，而是令人心痛地認真嚴肅。說到令人心痛，這也許是我一個人才有的感受。先生在講課時十分注重自己的用詞和語調，作為一個同樣因方言口音而焦慮的人，我特別敏感並同情先生，因此才會覺得令人心痛。先生有很重的關西口音，為了消除口音先生付出了很大努力，但就連周君這樣的外國人也能聽出先生的語調獨特，因為他在講課時還是免不了夾雜不少的關西口音。如此看來，之後藤野先生、我和周君之所以結成親密同盟，其實就是日語不好的人同病相憐罷了。

當然，這是玩笑話。當時我十分在意自己的方言口音是事實，在和周君相遇時，方言口音也正是我和他迅速親近起來的原因之一，這一點我在前面已經不厭其煩地反覆說明了。在這裏我也並不想否認。不過，之後的我們並不是因這樣世俗的原因聯繫在一起的。要說其他高遠的理由是什麼，我也不清楚，也很難用一句話說清楚。用「投緣」來解釋對我和周君這樣的年輕人自然再合適不過，但要是再加上藤野先生，用「投緣」這樣的俗語來解釋，就不合適了。事實上，之後我們三個人的同盟早已超越什麼日語

不好者的「投緣」，而是憑藉著更大意義上的信任與努力。具體是什麼，我卻也說不清。是相互尊重、是鄰人之愛、是正義，也許所有這些都包括在內。也許就是藤野先生經常說的，所謂「東方本來之道」。沒想到從藤野先生的關西方言，我想起了這一番議論，其實我想說的只是我們三個人的同盟，絕不只是起自於日語不好者的同病相憐。如果人們這樣看待我們，那就太遺憾了。我們同盟的實質是什麼，我無力判斷，也許只能仰仗思想家們去判斷了。不過我在這裏也只是想清楚認真地留下恩師與摯友的身影，除此之外再無其他奢望，這才能將手記繼續寫下去。前面說到，我和周君始於松島的友情受到了干擾，這令人不愉快的介入者來自意想不到的地方。那天我期待著和周君會面，早早來到學校，卻不見周君的身影，期待中的藤野先生的講義也認真得近乎死板。那天傍晚我興味索然地離開學校時，在校門口有人叫我。

「喂，你！等一下！」我轉身一看，是個高個子，大鼻子，滿臉油光的學生，冷笑著站在那兒。我和周君友情的最初介入者，就是這個人 —— 津田憲治。

「我有話和你說。」態度蠻橫無理，但口音純正，是東

京人。我一下子緊張起來。「去一番丁，一起吃個晚飯。」

「哈。」對東京人我就是說不出話。

「那你是同意了。」他走在前面，「去哪兒好呢？東京庵的天婦羅蕎麥麵太油膩了，沒法吃。Plaza 的炸肉排太硬了，像鞋底兒。仙台沒什麼可吃的。咱們走到哪兒算哪兒吧。找間小館子吃個砂鍋雞算了。或者，你還知道其他什麼好地方？」

「啊，不知道。」我被對方的氣勢壓倒，話都說不俐落了。這個東京來的奇怪的學生到底要和我說什麼呢？我很不安，可對方好像完全不在意我的態度，就像是我的長官，自說自話地走在前面，我這個鄉巴佬插不上話，只能苦笑著跟在後面。

「那還是去一番丁吧，看能不能找個新地方。要能找到家好吃的烤魚也行啊。其實仙台的鰻魚還有筋呢。」說的倒像個美食家。可鰻魚的筋是個什麼東西，直到四十年後的今天我也沒搞明白。於是我們去了號稱仙台淺草的東一番丁，進了一家「走到哪兒算哪兒」的小館子，點了一個用他的話說「還過得去」的砂鍋雞。在小桌對面坐下後，他遞過來一張名片，上面寫著「仙台醫學專門學校　學生

會幹事　津田憲治」。單看他的名片，讓人弄不清他是醫專的老師兼任學生會的幹事，還是醫專的學生，抑或是哪個年級的學生會幹事。也許這就是他的目的。和現在不同，當時的社會將專門學校的學生作為紳士看待，所以很多學生都有名片，印著所屬學校，但像這樣頭銜模糊的名片卻也少見。

「這樣啊。」我拚命忍住笑，「我沒有名片。我叫田中——」我正要自報家門，被他打斷了。「我知道。田中卓，H中學畢業。你是班裏的問題人物，總是曠課啊。」

我一下子火了。什麼問題人物，就是曠個課，怎麼就成問題人物了。太沒禮貌了，我乾脆不說話。

「啊，開玩笑的。」對方笑了，「昨天我從周君那兒聽說了你，你們在松島的旅館聊了一整晚啊。害得周君感冒了，可能會轉成肺炎。你們怎麼能幹這麼不靠譜的事兒！」

我一下想起來了。那晚周君和我說過，有一個過分熱心的學生讓他很是無奈。那個學生名字就是津田憲治。啊，怪不得！那個芋泥湯的指導者就是眼前的這個美食家啊！

「他發燒嗎？」

「嗯。不太要緊，不過他體質不太好，要休息兩三天。外國人嘛，就會添麻煩。我說，雞肉還是氽鍋好吃吧。再喝點兒酒。」

「隨便吧。」

「雞肉要是老了可不好吃呢，就要氽鍋吧。比較保險。」

我終於忍不住笑了。因為我看到津田的上排牙齒竟是假牙。說什麼 Plaza 的炸肉排像鞋底兒，鰻魚有筋，雞肉要生氽，原來都是因為這難看的假牙。

「是吧。」津田完全會錯了意，以為我笑的是其他事，「像稀鼻涕一樣的湯汁裏氽肉，終究沒什麼味兒。不過鄉下料理，也就這樣了。」

點的鍋子和酒端上來了，津田煞有介事地氽肉。幾杯酒過後，他說：「你和外國人來往怎麼完全不注意呢，這真讓我頭疼啊。現在的日本可是在打仗呢，這一點不能忘！」

這話有些沒頭沒腦，聽得我一愣。「啊？」

「啊什麼！我啊，是東京府立一中畢業的，戰爭開始後，東京氛圍可緊張了，你們這種鄉下地方根本想像不來。」自吹自擂也有點兒沒邊兒啊，「清國留學生在東京

有幾千呢，一點兒都不稀奇。」越說越奇怪了。「不過這留學生問題的確需要慎重對待。日本正在和俄國打仗，拿下旅順也指日可待，據說波羅的海艦隊正在趕來，這可了不得。現在清政府對日本採取了友好的中立政策，可誰能保證以後呢。清政府自身也在搖擺。你可能不太清楚，中國國內的革命思想正在四處蔓延。雞肉煮好了，快吃啊！煮老了肉就硬了。所以呢，那些革命思想的激進派，其實就是留日學生。這下你明白問題嚴重了吧？我說的這些話你可不能和別人說啊，我之所以這麼了解中國的情況，因為我的叔父，津田清藏，津田，清澈的清，清藏，你應該聽說過吧？到底還是鄉下地方啊，其實這話不應該由我說，叔父是如今日本外交界的後起之秀。哎，你連這都不知道可真是！總之，因為叔父，我也成了外國通。哎呀，這雞肉怎麼回事！要把雞蛋攪勻了吃啊，怎麼能連雞蛋都省呢，弄點兒麵粉糊弄人！真是鄉下！算了，沒辦法，吃吧！話說回來了，那個革命思想，那可是秘密，不能亂說啊。他們的總部就在日本。嚇了一跳吧！我乾脆都告訴你吧，在東京的清國留學生，就是革命勢力的中堅力量。怎麼樣，越來越有趣了吧。」

什麼有趣啊！我根本不覺得！中國的革命運動，根本不是什麼秘密了，周君早就詳細地告訴過我，我又怎麼會「嚇一跳」。所以我只是時不時地嗯啊嗯啊地隨聲附和著，專心埋頭吃我的雞肉。我這個鄉巴佬可吃不出什麼麵粉雞蛋的不同，倒覺得很好吃。

　　「問題就在這兒。你好好想想，清政府出錢送這些留學生來日本，留學生們卻要打倒清政府。這麼說來簡直就像是清政府出錢資助要推翻自己的人。現在日本政府對這些留學生的革命運動睜隻眼閉隻眼，可日本民間的俠義之士們都在積極支援。我說了你可別吃驚，中國革命運動的領導人孫文，早就藏在日本的俠客宮崎家了。孫文這個名字你可要記牢，是個了不起的人物，據說有獅子的氣魄。他說什麼留學生們都聽，是絕對的信仰。這個大英雄的顧問，就是以宮崎為首的日本民間義士。現在可是千鈞一髮的時候。日本政府對革命運動睜隻眼閉隻眼，可一旦在日本首都東京開展了大規模的反清政府的革命運動，清政府會對日本政府怎麼看呢？要是平時倒也不打緊，中國這樣的文明古國受到西方列強的侵略，革命運動是救國的必要手段，因此倒也不必顧慮清政府，就連我都想支持孫文

呢。大凡日本人，這點兒義氣還是有的。大和魂的本質不就是義氣嘛？但是，日本現在賭上國家命運，和俄國開戰了。如果清政府對日本政府不再友好，放棄現在的中立態度轉而幫助俄國，那這場戰爭就對日本很不利了。關鍵就在這兒了！這就是外交的秘訣。一面戰爭，一面外交。這有什麼奇怪的，好好聽著！這可是國家大事，你怎麼就只知道喝酒呢？你有錢結賬嗎？我可沒那麼多錢！你帶了多少錢？先得看看本國的財政情況吧，不然怎麼打仗啊。快把錢包拿出來，看看有多少錢！」

我掏出錢包，向外務大臣報告了金額。

「好了，喝吧。有這些錢就夠了。我還有五六十，再喝點兒。雞肉鍋我不吃了，叫個湯豆腐吧。鄉下菜嘛，只能湊合了。」但我還是覺得這和他的假牙有關。

鍋子換過，又上了些酒。

「吃啊！喝吧！」他一邊吹著豆腐，一隻手端著酒杯喝著，用恨鐵不成鋼的眼神看著我。「你們在松島喝了不少吧。可能我管得有點兒多，不過誰付的賬啊？這很重要。」他一改剛才的語氣，嚴肅地問。我放下筷子。

「一人一半。我本來想付的，不過周君怎麼也不同

意。」

「這不行。你呀，這都不明白。從小事看大事啊，你還是不要和周君來往了。國家的方針都讓你弄錯了，不管周君怎麼拒絕，你都要由你來付。和外國人交往，要把自己當作外交官。首先要給他們留下日本人都很熱情的印象。我的叔父和他的同事，他們為了這一點可是煞費苦心啊。我們正在和外國打仗，對於中立國的人們，必須採取複雜微妙的外交策略。特別是對清國留學生，更要謹慎。他們既是清政府派來的留學生，也是要打倒清政府的人。對他們的態度處理不好，就會有悖日本的外交方針。不能太熱情，要一面熱情，一面引導。這可是外交官的秘訣呢。你要注意了，不能讓對方察覺自己的弱點。一起出去玩，一定由你來付賬，一定要先他一步。為了做到這一點，我可辛苦呢。上次班會你沒來吧，以後一定要參加。班會時，藤野先生也特別提醒我這個幹事要注意和留學生的交往。」

這句話我不能當作沒聽見了。我感覺被藤野先生背叛了。

「這種愚蠢的外交策略，藤野先生怎麼會 —— 」

「什麼叫愚蠢啊！說這話太失禮了！你是賣國賊嗎？

戰爭中任何第三國的人都有可能成為間諜，特別是清國留學生，全都是革命派。為了革命，他們也許需要俄國的幫助，必須監視他們。一面熱情，一面監視。所以我才想辦法讓那個留學生搬到我的住處來，一方面照顧他，同時也是為日本的外交方針做貢獻。」

「你這些所謂貢獻都是什麼啊！真狹隘！」我也醉得不輕。

「狹隘！真虧你說得出口！你就是個賣國賊！不良少年！」他也變了臉色，「無恥。鄉下的不良少年，連我叔父的名字都不知道。好好學學吧，你已經不及格了。趕快回去！把你的賬付了，快回去！雞肉鍋、湯豆腐，都是你一個人吃的！」

我一言不發，把錢包裏的錢都倒出來。

津田坐在榻榻米上，兩隻胳膊撐在桌子上對我喊：「你來呀！」

我苦笑著，說了聲「再見」離開了。真無趣。明天我要直接問問藤野先生。周君怎麼可能是間諜呢？而且說我是賣國賊，是不良少年，也讓我不能再沉默了。我回到縣廳後面的住處，用井水洗漱後，清醒了一些。當晚睡得很

熟。第二天一早，我精神飽滿地去了學校，上課前先到藤野先生的研究室。敲門後，聽到先生的聲音：「請進。」我毫不猶豫地打開門。早晨的陽光傾注在研究室裏，先生被一堆可怕的上肢骨、下肢骨、頭蓋骨的標本包圍著，正在看報。看到我進來，先生將椅子轉向我，放下報紙。

「有事嗎？」先生用關西口音問我。

「是有關周樹人君的事。」聽到先生的關西口音，我不由得現出一絲微笑。這下我可以從容地問了：「昨天有人和我說，不能和周樹人君來往。」

「誰說的？」

「我不能說他的名字。我不是來告狀的。不過，據說先生您是這麼說的，所以我來確認。」

和面對周君時一樣，面對藤野先生時，我也能順利地說出自己的想法。原因嘛，就是前文反覆提過的。不過也許還和藤野先生和周君的人品有關，我面對他們時總是很放鬆。

「這就怪了。」先生不滿地摸著鬍子說，「我沒說過那種話。」

「可是，」我撅著嘴說，「據說在班會上 —— 」

「啊，是津田君吧。那個傢伙，總是這麼冒失。」說著先生笑了。

「這麼說不是真的了？」

「不，我說過。我的確說過。」先生忽然換成上課時的緩慢語調說，「在班會上，我對津田說，我們學校第一次來了一位清國留學生，和他一起學習醫學，往小處說，是為了讓中國誕生新的醫學，往大處說，是互相幫助，讓東方盡快吸收西方醫學，讓全世界的科學進一步發展，所以希望他作為學生會幹事能夠拿出幹勁兒來。其他的，我沒說過。」

「這樣啊。」我一下子放心了，「說是戰爭中，第三國的人有可能當間諜什麼的——」

「說什麼呢！你看看這個。」先生把桌上的報紙遞給我。報紙上大標題寫著：

觀菊會行幸啟

赤坂離宮

外國人、國人合計四千零九十二名

不用看正文我便明白了。「國之光輝，悠遠綿長。這一點你總是確信的吧。」先生低下頭，平靜地說，「國體的盛德，在戰爭時期感受得更深。」先生忽然換了語氣問我：「你和周君是好友？」

　　「不，現在還不是。但我以後會和他好好相處。周君比我更有理想。他十三歲開始，因為他父親的病，有三年每日往返於當舖和藥店之間。父親臨終時他拼命呼喊父親的名字，可他父親還是死了。他說自己當時的喊聲一直回蕩在耳邊。所以，周君想成為中國的杉田玄白，救治中國可憐的病人。可是，可是津田君說他們是革命的激進派，所以要一面熱情，一面監視，說什麼這是複雜微妙的外交手段，這太過分了！太過分！周君有著年輕人的崇高理想。我想年輕人必須有理想。所以，青年，理想，只有理想──」我說不下去了，站在那裏流下了眼淚。

　　「革命思想。」先生自言自語。沉默了一會兒，先生看著窗外說：「我知道有一家人，長兄是平民，二哥是司法官，最小的弟弟有些另類，是個演員。這樣的家庭，最初免不了兄弟爭吵。可是，現在他們彼此尊重。該怎麼說呢，如果每個人都是一朵花，那麼開放時都不一樣，但仍

然是一朵大花。家庭其實是個不可思議的組合。我說的這個家族，算不上是當地的名門望族，但也是個古老的家族，至今深受當地民眾信賴。東方就是一個大家族，每個人都有自己不同的開放方式。對中國的革命思想我不太了解，但我想三民主義的根基應該在民族的自決，或者說民族的自發。說到民族自決好像完全是他人的家事，但自覺自發是一個家族興盛最可喜的現象。在我看來這就是各民族歷史上的開化，完全無須別人插手。幾年前，東亞同文會的成立儀式在東京的萬世俱樂部舉行。我並未親臨現場，但我聽說，近衛文麿被推舉為會長。在審議同文會目的綱領時，革命派的支持者與清政府的支持者之間發生了爭論。兩派對峙互不相讓，同文會甚至一度面臨分裂。此時作為會長的近衛文麿從容起立，說支持革命派的主張也好，支持清政府防止列強分裂中國的主張也罷，都是對他國內政的干涉，非本會目的所在。但兩派主張的目的均為保持中國的完整獨立，因此不妨將『保證中國的完整獨立』作為本會的目的。於是兩派皆服，再無異議。同文會目的綱領獲得一致通過。『保證中國的完整獨立』一直是我國對中國的方針，既然如此，我們便無須多言。中國有很

多偉大人物，我們能想到的，中國的有識之士們已經在思考了。這就是民族自發吧。我很期待，中國的國情和日本並不相同。有人說中國的革命是破壞傳統因此反對，但我認為，中國傳統的繼承者們正是在優良傳統的基礎上產生了革命的勇氣。需要打破的，只是形式而已。家風或國風這種傳統是絕不會中斷的。東方本來的道義一直存在。作為根基的道義將東方人聯繫在一起，背負著共同的命運。像我剛才提到的家族，不論個人如何不同，仍然是一朵大花。你只要相信這一點，大可以放心大膽地和周君來往，不需要顧慮太多。」先生笑著起身，說：「用一句話說，不要將中國人當傻子。記住這一點就行。」

上課鈴響了，已經響了一會兒。

「校訓是怎麼說的？相信朋友。交友最重要的是互信，其他什麼都不需要。」

我有跑上前和先生握手的衝動，但忍住了。禮貌地行禮後正準備離開，先生說：「我很少在課堂上看到你，你上過我的課嗎？」

「啊，」我破涕為笑，「那個，以後一定上。」

「是新生吧。大家要互相鼓勵，不要說多餘的話。今後

要只做不說。」

　　我離開研究室來到走廊，鬆了一口氣，這才是周君敬仰的藤野先生。周君眼光很高，先生也很了不起，都是讓我敬佩的人。今後上先生的課，我一定要坐最前排好好記筆記，我會和周君一樣成為先生的崇拜者。周君今天應該來上學了，我急忙趕往教室，希望能早一點兒見到他。可是，周君那天仍然沒來學校，而津田讓人厭惡的目光總時不時在我周圍出現。不過我已經不計較了，與他目光對視時，我便微笑一禮，津田也不是什麼壞人，初時一愣，接下來便也笑著還禮。但那天我們好像都刻意避開對方，並沒有進一步的交談。下課後我本想去周君的住處探病，但又不知他的具體住址，再加上害怕碰到與他同住的津田，又要被教訓，所以便直接回去了。我晚飯後出門，溜達到東一番丁，松島座正在上演中村雀三郎一座的《先代荻》❶。我很想看看仙台的《先代荻》是怎樣的，於是買了張站票。眾所周知，《先代荻》是描寫仙台伊達藩的家族事件的一齣戲。榴岡附近就有一座墓，據稱是政岡墓，因此我本

❶　《先代荻》：以伊達藩的騷亂事件為背景的淨琉璃或歌舞伎劇目。

以為這齣戲在仙台一定極受歡迎，可後來得知並非如此。在舊藩時代，這齣戲是禁演的，維新後按理說自然便解禁了，但其實很長時間內都未能在仙台公演。有時要換個名稱演出時，必然有些舊藩士們向劇團提出抗議，說什麼就算真有政岡這樣的烈婦，但這齣戲的情節還是有損伊達家的名譽，必須終止演出。直到明治中期，這種情況才逐漸消失，但仙台的觀眾好像並未因為是描寫自己所在藩的舊事便十分捧場。看這齣戲就好像看任何其他戲劇一樣，安靜而不帶任何多餘的感情。不過當時我還不了解這些，還以為仙台的觀眾一定會十分狂熱，所以滿懷期待地入場，卻發現觀眾其實都很冷靜，而且並未滿座，不過坐了五六成。我一邊奇怪，一邊心內嘆服：不愧是大仙台的觀眾，見過世面，對自己本地的事，還能這麼心平氣和地看，這就是大都市的胸襟吧，讓我這個鄉下人莫名地佩服。看到雀三郎扮演的政岡說出那句「話雖如此，可也太可憐了」，正是讓人流淚的悲慘一幕時，我忽然發現周君就站在我身旁，也在流淚。於是我越發想哭，跑到走廊裏，索性一個人放聲大哭起來。哭了一陣，我抹了眼淚，又進去拍了拍周君的肩膀，他看到我一邊笑了，卻又一邊用手背抹淚，

說：「你剛才就在？」

「是啊，這幕剛開始的時候。你呢？」

「我也是。這齣戲有小孩子，所以不知不覺就哭了。」

「出去吧。」

「好。」

我和周君一起從松島座出來。

「聽津田說你感冒了。」

「都宣傳到你那兒去了！津田可真讓人頭疼啊。我就是咳嗽，他就非讓我臥床，說是會得肺炎。其實他是生氣我沒邀請他，自己去了松島。他這是 Kranke（病了），Hysterie（癔病）。」

「這倒罷了，倒是你的身體不要緊嗎？」

「沒事，是 Gar nicht（完全沒事）。躺著休息一下就好了，所以我昨天到今天就是躺著看書。實在無聊，就偷偷溜出來。明天就去學校了。」

「就是嘛。津田的話不能都聽，要是什麼都聽他的，那恐怕真成肺炎了。你乾脆換個住處吧。」

「我也在考慮，不過這樣的話，津田也有點兒可憐吧。雖然有些煩人，可說實話，我倒不討厭他。」

我臉紅了。我好像在吃津田的醋了。

「冷嗎？」我趕忙轉換話題，「要不要吃碗蕎麥麵。」

不知不覺我們已經走到東京庵了。

「還是宮城野的麵要好吃些吧。津田說東京庵的天婦羅蕎麥麵太油膩了。」

「宮城野的也一樣油膩。不油膩就不是天婦羅了。」看來周君和我一樣，對吃的不太在行。

於是我們進了東京庵。

「嘗嘗這個油膩的天婦羅蕎麥麵吧。」看起來周君對這油膩的天婦羅挺感興趣。

「那就嘗嘗吧，我有預感，會很好吃的。」

我們要了天婦羅蕎麥麵和酒。

「中國據稱是美食之國，你來到日本，對吃飯一定很不習慣吧。」

「沒有。」周君搖搖頭，很認真地回答，「什麼美食之國，那都是在中國旅遊的有錢外國人叫起來的。他們是來中國享樂的，回國後自然成了所謂中國通。日本也有些中國通吧，對中國總有些自以為是的看法，其實都是些脫離現實的卑鄙的傢伙。在中國能吃到美味佳餚的，要麼是少

數的富豪，要麼就是外國遊客，一般民眾吃的都很差。日本不也是這樣嗎？日本旅館裏的飯菜，在普通家庭根本吃不到。可外國遊客們都以為旅館裏的飯菜就是日本人的家常飯菜。所以，中國絕不是美食之國。我來東京後，有前輩請我吃中餐，在八丁堀的皆樂園和神田的會芳樓。那是我有生以來頭一次吃到那麼好吃的中餐。所以我從來都不覺得日本的飯菜難吃。」

「那芋梗汁呢？」

「那個不一樣。可是學會津田式調味法後，倒也沒有那麼難吃了。」

酒上來了。

「你覺得日本戲劇怎麼樣，好看麼？」

「比起日本風景，我倒覺得日本的戲劇更好懂。就像前幾天看的松島美景，我其實真不會欣賞。也許對風景，我和你一樣 ── 」說到這兒，後面的話又嚥回去了。

我毫不在意地接下去：「反應遲鈍。」

「沒錯。」他有些不好意思地眨眨眼，「小時候我就喜歡畫，風景卻不怎麼喜歡。還有一個我頭疼的 ── 音樂。」

我一下笑出來。因為想起他在松島唱的那首歌。

「那麼，日本的淨琉璃呢？」

「那個嘛，我倒不討厭。淨琉璃與其說是音樂，倒更像是 Roman（小說）。我是個俗人，欣賞不了太高尚的風景、詩歌，只喜歡平民化的故事。」

「就是說不喜歡松島，喜歡松島座。」我雖然是鄉下人，可在周君面前我卻總愛像這樣耍耍貧嘴，「最近在仙台電影很受歡迎，你喜歡嗎？」

「在東京時常看，不過電影讓我不安。將科學應用在娛樂上是危險的傾向。總之，美國人對科學的態度不健康，是歪門邪道。快樂是不需要也是不應該進步的。過去在希臘，曾經驅逐過一個音樂家，因為他發明了增加了一根弦的新式琴。中國的《墨子》一書中也提到過，一個叫公輸班的發明家，用竹子製成的鵲，能在空中飛三天三夜。墨子卻對此不屑一顧，認為匠人不應將才智用在這些玩弄之物上，而應用在製作車輪這樣的正道上。我認為愛迪生這樣的發明家就是危險人物。快樂保持原始形態足矣。當酒精這種娛樂進步成鴉片時，你看看中國成了什麼樣子。愛迪生的各種娛樂發明，恐怕最後都會是這麼結果。所以我才不安。今後的四五十年裏，愛迪生的後繼者會不斷出

現，世界在不斷追求快樂的同時，也在一步步走向悲慘的地獄。也許我是杞人憂天，但願吧。」

他一邊說著，一邊津津有味地吃著「油膩」的天婦羅蕎麥麵。付賬時，到底是怎麼付的，是各付各的，還是聽從了津田的忠告，我已經毫無印象了。那晚，我一直把周君送回他荒町的住處。

那晚有月亮，這一點我記得很清楚。我倆雖然對風景遲鈍，但對月影並非毫不在意。

「我從小就愛看戲。」周君靜靜地說，「現在我還記得很清楚，每年夏天，我們就會回母親家鄉。在離母親家一里外的村子，搭了個戲台——

「日落之後，在左右都是碧綠的豆麥田地的河流中，我們一群孩子乘著一艘白篷船，較大的孩子輪流搖櫓，船便飛一般前進了。月色朦朧在河面水氣中，淡黑的起伏的連山，彷彿是踴躍的鐵的獸脊。戲台就搭在臨河的空地上，孩子們把船停在河邊，就在船裏看著不遠處仙境般五彩斑斕的小小戲台。戲台上先是一個黑衣長鬍子的，背上插著四張旗，捏著長槍，和一群赤膊的人正打仗。接著走出一個小旦來，咿咿呀呀地唱。忽而換成一個紅衫的小丑被

綁在台柱子上，給一個花白鬍子的用馬鞭打起來了。回程時，月還沒有落，河上的月光格外皎潔。回頭看去，遠處的戲台已經小得像個火柴盒般，依舊燈火通明，還依稀聽到鑼鼓的聲音。

「每次看到美好的月色，我便常常想起那次看戲。那好像是我唯一的美好記憶。即使我這樣的俗人，在月光下也難免變得 Sentimental（多愁善感）了。」

從第二天起，我便一天不差地按時上學。見到周君同他講話，變成了我每天最要緊的事。後來想想，像我這樣遊手好閒的人，卻沒讓津田說中，順利畢業了，還要多虧周君。除了周君，還有就是藤野先生。我對藤野先生的仰慕之情，也激勵著我努力學習，避免成為一個不名譽的留級生。

那個月夜之後，過了四五天，我記得是下第一場雪的那天。放學後我去了周君的住處，兩個人坐在暖爐邊，吃著饅頭閒聊。周君笑著從包裹拿出一本筆記交給我看，是藤野先生的解剖學筆記。

「你打開看看。」周君笑著說。

我翻開一看，目瞪口呆。每一頁上都用紅筆改得密密

麻麻，整頁幾乎都成了紅色。

「改了這麼多。誰改的？」

「藤野先生。」

我一下想起來了。那天藤野先生自言自語一樣說的那句「只做不說」，我好像明白了。

「什麼時候開始的？」

「老早以前。課程剛開始時。」

周君詳細地告訴我，藤野先生在第一次課上講了解剖學的發展，之後過了一周，應該是個星期六，先生的助手來叫周君。他去了研究室，先生正坐在一堆人骨標本裏，邊笑邊對他說：

「我的講義，你能抄下來麼？」

「可以抄一點。」

「拿來我看！」

周君將筆記拿去，過兩三日先生交還給他。說：

「以後每一星期送來我看一回。」

周君翻開先生交還的筆記，很是吃了一驚。從頭至尾，都用紅筆添改過，不但增加了許多脫漏的地方，連文法的錯誤，也都一一訂正。

「之後的每星期都是如此。」

周君和我相視而坐，誰也不說話。要好好學習，不論有什麼事，藤野先生的課不能缺席。在沒有人知道的地方，默默進行的善行，才是這世界的珍寶。可以說正是這件小事，讓我這個旁觀者從此振奮，一掃從前的懶惰，每天勤奮學習，順利獲得醫師資格，並最終繼承了家業。

訂正筆記這件事，藤野先生之後也一直默默進行著。但就在我們升上二年級的秋天，因為筆記，發生了一件很不愉快的事。不過這是後話了。總之，在明治三十七年冬天到第二年春天的這段時間，是我學習最起勁的時候。對日本來說，是旅順總攻開始，國內極度緊張的時候。學生們也開展了很多活動。譬如為了防止貨幣流出，不穿羊毛衣服，改穿棉服，不戴金邊眼鏡，召開戰時生活會，號召大家節儉忍耐，常常進行雪中行軍。總之，全國都在急不可待地盼望著攻下旅順。

終於，明治三十八年（1905）元旦，旅順城破。一月二日，仙台市民拿著旅順陷落的號外歡呼鼓舞。贏了！我們贏了！也不知是慶祝新年，還是慶祝勝利。總之，大家都在忘我地慶祝。甚至可以跑到平時不熟悉的人家裏盡

情喝酒。四日晚上，在青葉神社內燃起了大篝火，五日是仙台市的勝利慶祝日，那天早晨十點，隨著愛宕山上禮炮一響，全市工廠汽笛長鳴，市內各派出所的警鐘，神社寺廟的鐘、鼓，還有其他所有能敲響的東西，都響成一片。市民們跑到街上，敲響洗臉盆、鐵皮罐和鼓，一起高呼萬歲。當天晚上，各學校還聯合舉行了燈籠遊行。發給我們每人一個燈籠、三支蠟燭，我們一邊走在仙台的市中心，一邊連呼「萬歲！萬歲！」周君雖然是外國人，可還是被津田拉來了。他提著燈籠，一邊笑著一邊和津田並肩向前走。我和津田雖算不上不和，但從那以來也沒什麼交往，在教室裏碰上互相點頭致意，也就僅此而已，從來沒有開誠佈公地談過。可是那一夜，我十分自然地對津田說：

「津田君，祝賀啊！」

「祝賀啊！」津田君也很高興。

「以前的事，真是失禮了。」我趕緊為我的疏於問候道歉。

「哪兒的話，我才失禮呢。」真不愧是外交官的侄子，足夠圓滑，「那晚我喝醉了，都怪我。後來我也被藤野先生訓斥了。」

「為了什麼？」周君問。

「沒什麼，我請津田喝酒、吃砂鍋雞。」我趕緊敷衍過去。

「不光是這樣。」津田正要說什麼，忽然換了語調，「你還沒和周君說過？」

我輕輕點頭，同時對津田使眼色，讓他不要說。

「是呀。」津田大聲說，「你這個傢伙不錯。雖然不該向藤野先生告狀，不過，那也應該怪我。去喝一杯吧。咱們三個人，今晚再去吃砂鍋雞。萬歲！」津田好像已經有點兒醉了。

也是在那一夜，我深切地感到只要打仗，那就非贏不可的道理。只要贏了，一切都好辦。津田所謂外交上的深謀遠慮被拋在一邊。其實津田是個好青年，那天晚上他用周君聽不見的小聲對我坦白，兩個月前，聽到波羅的海艦隊出發的消息，他就開始擔心萬一艦隊抵達了旅順還沒拿下來怎麼辦，所以看誰都可疑。知道周君一個人去了松島，馬上就懷疑他會不會是俄國的間諜，去測量松島灣的水深，好引導俄國艦隊入港，來進攻仙台。那晚跟我亂發脾氣，還教訓我，也是因為焦心旅順戰局。聽了他的話，

我內心很驚訝，不過沒關係了，既然我們贏了，那這一切都沒什麼要緊。所以說打仗必須打贏。一旦戰局不利，就連朋友間的信任都岌岌可危。民眾的心理本來就是這樣靠不住。往小處說是動搖民眾的日常倫理，往大處說，就算是為了發揚藤野先生所謂「東方本來的道義」，不管付出多大犧牲，也必須打贏。這就是那一晚我最深的感受。

攻下旅順要塞後，整個日本，打個不恰當的比喻，就好像天被捅了個窟窿，一下子亮堂了，正月歌會上有這樣一首詩：

　　富士山下，日升日落，新年的天空，晴朗和煦。

可以說那時，日本已經打敗俄國了。一月末，俄國出現內亂，敗象越發明顯。日軍勢如破竹，分別在三月十日和五月二十七日，又取得了兩場讓日本國民銘記在心的海陸大勝。一時間日本國威大振，國民更是意氣飛揚。但日本的這場大勝，卻給周君這個外國人，帶來了始料未及的巨大衝擊。周君來到日本，在從橫濱到新橋的路上看到的風景，用他自己的話說，是全世界獨一無二的潔淨與秩

序。在他眼中，東京的婦女們挽起袖子，白手巾包在頭上，在朝陽下灑掃院落的生氣勃勃的身影，就是日本的象徵。在松島的旅館中，他就曾預言，日本一定獲勝，這樣充滿活力與朝氣的國家，是不可能失敗的。但這場勝利，又讓周君看到了更多他以前不曾看過、不曾想過的，讓他對日本的不可思議的魅力更加瞠目驚嘆。在旅順大捷之後，周君又開始重新研究日本。用他的話說，中國的青年來日本留學，絕不是因為仰慕日本固有的文明傳統，而只不過是想要更方便地學習西方的先進科學，周君自己一開始也是抱著這樣的想法。但來到日本後，他馬上注意到日本的生氣與活力，他預感到這裏一定有其獨特的地方。在看到日本讓當時世界大國的俄國臣服時，他已不滿足於自己的直觀感受，不再看漢譯的《明治維新史》，而是買來很多日文的歷史書籍，仔細研讀，重新訂正自己對日本的看法。

「日本的國體本身便有過人之處。」周君嘆息著說。

聽起來真是個普通的發現，但我認為這是在我這個乏味的手記中最值得大書特書之處。我認為，正是看到日本在日俄戰爭中的勝利，讓周君深受刺激，也對他醫學救

國的思想是一大打擊，這是他改變之後人生道路的一大原因。他終於意識到，明治維新，並非全靠蘭學學者的推動，維新的思想起源還是日本傳統的國學，蘭學不過是路邊的奇珍異草。在德川幕府兩百年的太平歲月裏，誕生了各種文學藝術，同時也有很多接觸日本傳統文藝思想的機會。在對文藝思想研究蓬勃興盛的同時，德川幕府的政治統治卻進入疲憊期。內不能救百姓於貧困，外不能對抗列強的武力威脅。在國家危急存亡的緊要關頭，研究傳統思想的學者們站了出來，揭示了救國的道路。即國體的覺醒 —— 天皇親政，莊嚴的皇室才是日本的真正統治者。這種覺醒，才是明治維新的原動力。認為除此之外再無救國之法的將軍慶喜，首先表達了還政天皇之意，在德川幕府二百餘年中統治各地的諸侯大名們，也爭先歸還自己的領地。這正體現了日本的長處。即使曾經彷徨猶豫，面對國難，就像雛鳥奔向父母身邊一般聚集起來，將一切奉還皇室。這就是日本國體的精華所在，是國民的神聖本能。在他們面前，什麼蘭學，全都像遭遇了暴風的樹葉，一掃而光。日本的國體才是日本真正可怕之處。聽到周君對日本的國體如此敬佩，我激動得熱淚盈眶，趕忙坐到周君身

邊，問他：「這麼說日本不只有西方科學了？」

「那當然了。你作為一個日本人怎麼能這麼說呢？日本打敗了俄國，俄國可是個科學發達的國家，他們有那麼多用科學製造出的武器，旅順要塞就是用西方科學的 Essenz（精華）構築起來的。可日本軍隊徒手奪下了它。外國人是無法理解的，中國人也一樣不理解。總之，今後我要進一步研究日本，有太多事情讓我感興趣了。」周君爽朗地笑了。

那時周君經常來我縣廳後的住處玩兒。我還是很少說話，和房東一家也沒什麼交流，但周君來了幾次之後，便和房東一家混熟了。我住的地方不是專門出租的屋子，房東是個中年木匠，他有一個妻子和一個十歲左右的女兒，房客只有我一人。木匠有時喝了酒會和妻子吵幾句，但和周君的住處比，我這裏更有家庭的味道。當時的周君正熱衷研究日本，我的房東一家好像也讓他很感興趣，他經常主動和他們交流。特別是那個十歲的女孩，皮膚黑黑的，長得也不好看，但周君和她很友好，經常給她講中國的故事，還教她唱歌。有一回，那女孩寫了一封給前線伯父的慰問信，求周君幫她修改。周君對女孩的請求十分高興，

還把信拿給我看。他說：「寫得真好啊。我都沒什麼可改的。」邊說，邊仔細地讀信。其實是一封很普通的慰問信，是這樣寫的：

去年以來久疏問候。聽說伯父您在月亮都被凍住的西伯利亞原野上俘虜了俄國佬，還加入了敢死隊，我十分敬佩您的勇氣。還請您保重身體，為了天皇陛下和大日本帝國英勇作戰。

「月亮也被凍住」這一句好像很讓周君滿意。說起來周君是個不注意風景的人，但唯獨對月亮倒很在意。不過比起月亮，周君似乎對短短信函中貫穿始終的忠義之心更加感動。

「說得很清楚啊！」周君說起這話時臉露得色，好像自己立了什麼了不起的大功似的。「寫得很流利，為了天皇陛下。語氣這麼 Naturlich（理所應當）啊。日本人的全部思想都 Einen（合成）了一個忠字。我以前以為日本人沒有哲學，現在看來都 Einheit（統一）成了忠這一點，從過去便 Fleischwerden（下凡）了，所以反而讓人意識不到。」又

是接二連三的德語單詞。不過也難怪，這是周君的習慣，一激動就愛說德語。

「不過，這忠孝的思想不是貴國傳到日本的嗎？」我故意給他潑冷水。

「不是。」周君立即否定，「中國的天子並不是萬世傳承的。從堯舜的禪讓開始，夏傳承了四百年十七世，及至紂王被放逐於南巢野，那可以說是中國武力革命的淵源。從此帝位都是奪來的。雖然都是不得已動的 Operation（手術），但新皇帝總是怕自己的帝位受到質疑，因此也要找些理由為自己辯解。而忠的概念過於微妙複雜，因此皇帝就強調孝，並以此作為治國的根本。民眾的倫理自然也塗上了一層孝的色彩。所以在中國說忠孝，忠不過是孝的接頭詞罷了，孝才是主要的。不過這孝從一開始就包含著統治者的道德，對於自己的反對者便冠以不孝的罪名殺掉。因此孝淪為了權謀詭計的工具。而下層民眾不知道自己何時會因為不孝被殺，因而終日戰戰兢兢，只能更加誇耀自己如何地孝順父母。中國民間有個二十四孝的傳說，更加可笑。」

「這麼說過分了吧。二十四孝也是日本孝道的榜樣。沒

什麼可笑的啊。」

「這麼說二十四孝都是什麼，你很清楚了？」

「這我倒不知道。不過小時候聽說過，有什麼哭竹生筍的孟宗、臥冰求鯉的王祥。這些孝子都是值得尊敬的。」

「你說的這些倒也罷了，可你知道老萊子的故事嗎？老萊子七十歲了，他的父母九十歲還是一百歲了，待他還像待嬰兒般。這你沒聽過吧？常穿著五色彩衣，手持撥浪鼓如小孩子般戲耍，以博父母開懷。怎麼樣？我小時候就看過這樣的圖畫書，畫也畫得很奇怪。七十歲的老人，穿著小孩子才穿的彩衣，搖著撥浪鼓在地上爬，畫面之醜陋讓人無法正視。他父母看了果真覺得可愛嗎？在我看的書中，那對九十還是一百歲的父母，滿臉困惑，無奈地看著自己七十歲的蠢兒子。沒錯，就是 Wahnwitz（精神異常），正常人不會這樣。再聽聽這個。有個叫郭巨的男人，一直很窮，因為不能讓母親吃飽飯所以很自責。郭巨有妻有子，兒子三歲。有一天，他的母親，也就是孩子奶奶，把自己碗裏的飯分給孫子吃。郭巨看見了，十分羞愧，說自己母親都吃不飽飯，自己的兒子還要從母親這兒搶，不如把兒子埋了。圖畫中，那個即將被活埋的三歲孩

子在母親的懷裏天真無邪地笑著，郭巨則在一旁滿頭大汗地挖坑。自從我看過這幅畫，便對家中的祖母敬而遠之。要知道，那時我家一下子窮了，要是祖母給我塊點心讓父親看見，父親覺得愧疚說要活埋了我就不得了了。於是我一下子對家庭產生了恐懼。結果先生們的儒家教育完全沒效果，反而產生了反效果。日本人很聰明，不至於完全按二十四孝的故事去做，你剛才的話不過是恭維話。前些天我在開氣館聽了一個單口相聲，說的是有個人想要對母盡孝，便問母親吃不吃竹筍，母親說我牙不好，吃不了。你看，日本人很聰明，不會被愚弄。所謂文明，不是生活方式多麼時髦，能做出清楚的判斷，才是文明的本質。要能憑本能看穿偽善，而擁有這種能力的人就是我們所謂有教養的人。日本人從祖先那兒學到了很好的教養，所以才能本能地只學習中國思想的精華。日本人一直認為中國是儒教國家，但其實中國是道教國家，民眾不信孔孟，信神仙，迷信長生不老。但在日本就不會迷信這種不老不死的神仙傳說。所謂神仙，不過是白癡或瘋子的代名詞罷了。日本人的思想，都統一在忠上，因此不需要神仙，也不需要二十四孝。其實忠本身就是一種孝行。前些天咱們一起

看過的那齣戲裏的政岡，便只要求自己的孩子做到忠，不教育孩子要孝順母親。但忠即是孝，觀眾看了這一幕都哭了。而神仙呀，二十四孝呀，就都成了相聲裏的包袱，讓人發笑而已。」

「哎呀，真是對不住。日本人就是嘴巴壞，倒不是看不起貴國的教育。真是不能太尖酸刻薄啦。」

「日本人嘴巴壞也就是表面上的，讓我說是坦率，並非尖酸刻薄。要說尖酸刻薄，中國有句罵人的話 —— 他媽的，才真是尖酸刻薄。太難聽了，我也不想解釋意思。估計世界上再沒有哪個民族能發明這麼尖刻的罵人話了。就這件事上，中國是世界第一啊。」

「我不知道這個他媽的是什麼，不過說到世界第一，中國肯定不止這一件事。當然這只是我的感覺，貴國有我無法想像的偉大傳統。你總是說自己的國家不好，不過藤野先生說了，中國還有著很多好傳統，這些傳統的繼承者中，就會出現反抗者。我聽你批評中國，卻反而感到中國是有希望的。中國決不至於滅亡。像你這樣的人，只要有十個，中國便會是名副其實的世界強國。」

「別給我戴高帽子了。」周君苦笑著說，「中國照這樣

下去是絕對不行的。什麼希望，要是還有這種想法，那就更不行了。日本人都挽著袖子呢，都很認真。中國必須學習日本的這種態度。」

那段時間，我和周君時常會這樣把中日兩國拿來比較。那個學年結束後的暑假，周君打算去東京，信心十足地想把自己關於日本的一元哲學教給自己的留學生同胞們。於是放暑假後，周君去了東京，我回到山裏的家鄉。一別兩月，九月開學時，再次見到周君，卻讓我大吃一驚。他怎麼了？說不清具體是什麼，但他和以前不一樣了。雖然並沒有和我疏遠，但瞳孔好像縮小了，即使笑著，臉上也有陰影。我問他東京怎麼樣，他笑得很勉強，說：「東京麼，大家都很忙，電車線路延伸到四面八方，已經成了東京的 Symbol（象徵）。喤噹喤噹，真吵啊。還有，聽說因為對講和條件不滿，東京市民到處開演說會，形勢有些動蕩。據說可能會頒佈戒嚴令。東京人的愛國心很天真啊。」

「貴國的學生，對你的一元論有什麼反響？」

周君好像忽然牙疼似的臉頰抽動。

「這個麼，都太忙了，我也不知道了。日本人的愛國

心無論如何本質是天真的，純潔的。可我的愛國心確實複雜的，陰暗的。總之，我不懂的事太多了。太難了。我不知道。」他冷冷地笑著，「不過日本的青年好像都在研究世界文學，我去書店一看嚇了一跳，滿滿的都是各國的文學書籍。日本的年輕人都在熱情地選購，好像都在追求生命的充實。我也學著他們買了一些帶回來，打算好好研究一下。我的競爭對手就是東京的年輕人，他們正在一個新世界中 Erwachen（覺醒）。好了，有關東京的匯報就是這些。」

周君也不再來我的住處玩兒了，而是一下課就回家。在一個寒風瑟瑟的夜裏，津田竟然出現在我的住處。

「喂，有件討厭的事兒。」邊說，邊從口袋裏拿出一封信。收信人是周樹人君，發信人寫著直言山人，一看就是假名。一瞬間我有些發愣，皺著眉頭把信讀了一遍。信的內容寫得更拙劣，字也寫得很潦草。總之，這封信好像發出臭味似的，髒兮兮。第一句就是：

「你改悔吧！」

我不由打了個寒顫。這種類似預言的話，不管是過去還是現在都讓我厭惡。接下來就是所謂的「直言」，寫得冗

長而難懂。大意是說你很卑鄙，你事先知道了藤野先生解剖學的考題，證據就是你的解剖學筆記，藤野先生在你的筆記裏做了記號，你本來根本及格不了的，你改悔吧。

「胡說八道！」我正要撕信，津田急忙攔住我：「等等！」然後一把奪走了信。他說：「這件事不得了，我還要和你商量呢。當然讓人很不愉快，不喝點兒酒不行了。你這兒有酒吧？」

我苦笑著問房東有沒有酒。房東的妻子說，酒讓她丈夫喝完了，不過啤酒還有。

我問津田「啤酒可以嗎？」津田表情有些痛苦，說：「啤酒啊？聽著風聲，喝著啤酒，真是俗氣透頂了。算了，也沒辦法，就喝啤酒吧。」

津田一個人大口地喝著啤酒。

「真涼啊！秋天真不能喝啤酒！」一邊喊著，一邊直打哆嗦。他結結巴巴地開始向我說明這件事情的重要性。可能因為他一邊說一邊哆嗦的嘴唇都紫了，所以他的話聽起來也不那麼讓人信服，總覺得有些小題大做。

他用一貫的誇張態度強調說這是個國際事件。周君看似是一個人，其實不然。目前日本已經有清國留學生近

萬人，分佈在日本各處。周君的背後有近萬留學生，如果周君被激怒了，那這一萬名留學生必然會聲援他。嚴重的話，不僅仙台醫專聲譽受損，甚至文部省、外務省都要對清政府道歉。這會成為日中親善外交上的一大污點。他問我怎麼想，我其實和往常一樣，對他的話左耳朵進右耳朵出。我問他：「周君讀過這封信了？」

「讀了。今天我們從學校一回來，就收到這封信。周君從櫃枱拿到信隨手放進口袋，就上樓了。我當時就有一種預感，叫住他，要他現在就看信。於是他就站在走廊裏，撕開信封，只看了一點兒，就要撕掉。」

「你應該知道寄信人是誰吧？」

「我當然知道。是矢島。那個傢伙！那個 Landdandy（花花公子）！」

他這麼一說，我忽然想起幾天前的一件事。是藤野先生的課，先生進教室時，學生會的新任幹事矢島忽然站起來走到黑板前，寫上明天要開同級會的通知，最後一句是「請全數到會勿漏為要」，而且在「漏」字旁邊加了一個圈。有五六個學生當時就笑了。我當時並沒多想，還以為是平時開同級會大家多不參加，所以才強調「勿漏」，現在想

來，那應該是矢島的拙劣嘲諷了。當時藤野先生和周君都在場，他是在暗諷試題的「泄漏」。想到這兒，我一下子火了。「揍那小子！」這也太卑鄙了，絕不能置之不理。在我平凡的六十年人生中，那是唯一一次真的想要打人。那晚我就想衝到矢島家，好好揍他一頓。我一直討厭這留著氣派鬍子的矢島，他畢業於仙台的東北學院或是什麼教會學校之類的，所以，借用周君的話，是個仙台 der Stutzer（時髦的人）。用津田的話說，就是鄉下的花花公子，總之是個讓人討厭的驕傲自大的傢伙。一開始在班裏還算老實，後來仗著他富豪父親的權勢，不知怎麼成了班裏的頭目，新學年學生會改選，他替代津田當上了幹事。我討厭那些大阪、東京來的學生瞧不起仙台的樣子，可也看不得東北當地的學生陰險地合謀，然後進行卑劣的報復。我本來就屬於東北人中沒能力的那種，所以看到他們這種俗不可耐的報復心，只會讓我更加討厭自己。所以我雖然不喜歡東京、大阪來的學生，卻更厭惡這些本地的學生。

「不能揍他，那就成私下鬥毆了。」看到我激動起來，津田反而冷靜下來。「對方可不只矢島一個人，那些鄉下佬都給他捧場。我要藉這個機會，挫挫他的銳氣，徹底打擊

一下他的排外思想。我們都是紳士嘛，要進行思想上的戰鬥。」

「我說津田君，我也是個鄉巴佬。」不管津田的鄉巴佬指的是誰，總之我很不高興聽到這個詞。矢島雖然讓人討厭，可說這種話的東京人津田也說不上多高尚。半斤八兩！

「不，不！你不一樣！你絕不是什麼鄉巴佬！你是——」好像找不到合適的詞，「從某種意義上說，你算是個城裏人。」感覺自己越說越不對了，「對了！你是中國人！沒錯，你就是中國人！」

我目瞪口呆。

「你看，所以同是東北人的矢島對你也是敬而遠之吧。」津田越說越煞有介事，「你現在和周君是同一戰線。雖然我不這麼想，不過班上同學都認為你的臉長得很像中國人。你只和周君交好這也是個問題。你的名字是田中卓，班上同學背後都叫你田中卓。這你不知道吧？大家叫你田君，你不反感嗎？」

這種事情我並不在意。可是，津田為什麼要專門跑來告訴我這件事，還說了那麼些不著邊際的理由，倒像是故

意要激怒我。我雖然遲鈍，這時也多少明白了。矢島奪走了津田幹事的職務，所以這個失意的小政治家要藉這個機會把事情鬧大，迫使矢島辭職，自己才能重新當上幹事。所以，津田打著這個如意算盤來找了。他知道我和周君關係最好，聽到這件事我一定會打抱不平，去找藤野先生。藤野先生必定叫來矢島斥責一番，並且剝奪他幹事的職務。我懷疑這才是他來找我的目的。想到這兒，我反而冷靜了。

「你是最了解情況的，那你為什麼不去和矢島他們說清楚，證明周君的清白呢？」我不滿地問津田。

「我不能說。他們認為我也和周君是一伙的，你、我、周君和藤野先生四個人，現在都成了被告。簡直豈有此理！他們竟然懷疑藤野先生的人格！所以我們一定要團結起來，商量出對策。你明天就去找藤野先生，告訴他這件事，然後我再集合其他的人。」

我的懷疑果然沒錯。真讓人厭煩。我已經不想揍矢島了，我只想趕快擺脫這無聊的政治鬥爭。

「有一點我要先說清楚，」我冷靜下來，心意已定，「明天我會去找藤野先生，但在先生作出指示之前，不要告訴

任何人這封信的事。」

「為什麼？」津田不滿地撇了撇嘴，瞪著我。

「不為什麼。」我努力讓自己微笑，「總之，集合其他人這件事再等兩三天，否則，我只能站在你的對立面上了。」

我現在很同情周君，也很同情全力幫助周君學習的藤野先生。我關心的只是這兩個人，除此之外的事，跟我無關了。

津田生氣地扭向一邊，說：「你不相信我。」

我不理會他的話，只是說：「如果你不同意，我就是你的敵人，也會對藤野先生說你的壞話。」

「你這是亂來！」

「亂來就亂來，反正我們也不是一伙兒的。怎麼樣，你到底答應不答應？」我乘勢追問。

津田勉強點點頭。

「東北人，真難對付。」他小聲說。

第二天，我去了藤野先生的研究室，簡明扼要地講了事情的經過。

「津田很憤慨，他說他會等待先生的指示採取行動。」

我美化了津田的用心，當然也沒有說出矢島的名字，我只是拜託藤野先生幫周君消除誤會。

出乎我意料，聽了我的話藤野先生仍舊從容不迫地笑著，他說：「周君的解剖學並沒及格，不過因為其他科目成績不錯，所以才取得了不錯的排名。他排多少名來著？」

「好像是六十名左右吧。」我們從一年級升入二年級時，留級生格外多，有三分之一，約五十人都要留級。我和津田都在八九十名，勉強沒有留級。周君作為一個外國人能考到六十名，在我看來是理所當然的。因為周君是個秀才，學習又用功。但不了解他的人，也許會懷疑了。特別是那些留級生，自己不學習，看到別人沒留級，就愛挑毛病。結果他們的刁難就集中到了周君這個清國留學生身上。

「六十名。」先生好像不太滿意這個名次，「這個成績算不上好，還得更努力。上學期的解剖學，你們都沒學好。解剖學是醫學的基礎，學不好解剖學你們以後一定會後悔。就是因為彼此都懶惰，才會出現這樣的問題。要是大家都互相鼓勵，認真學習，那就不會有誤會和嫉妒。所謂『和』，絕不是消極的。《中庸》中有：『發而皆中節謂之

和』，就是天地躍動的姿態。努力拉開弓，」先生做出拉弓射箭的手勢，「射出的箭沒有任何偏離，『砰』的一聲正中靶心，這就是和。所謂『發而皆中節』，這個『發』不能忘。有句話叫『和為貴』，『和』並不是指大家友好相處，而是指互相鼓勵，努力學習。你是周君的好朋友，他為了在中國推廣新知識來到日本學習，所以你要鼓勵他，幫助他取得更好的成績。我也為他操了很多心，但六十名是不夠的，必須得第一名或第二名。過去，唐宋時期，日本也派留學生去中國學習，受到中國的關照。現在是日本報恩的時候，要將自己的知識傳授給對方。周君周圍的日本學生們都很懶惰，只知玩樂，雖然他自己懷著高遠的理想來到日本，但在這些同學的影響下也會懈怠。你要真是周君的好友，那我就給你們兩人一個研究 Thema（課題），纏足的 Gestalt der Knochen（骨頭結構）。如果可能，我想找個周君會感興趣的課題，不過目前手頭沒有 Modell（模型）。這個課題難嗎？總之，我希望能激發周君對醫學的Pathos（熱情）。他最近好像沒精打采的，是不喜歡解剖學的實習嗎？中國人對 Leichnam（屍體）有自己獨特的信仰，他們不火葬，而是土葬，《中庸》中也說『鬼神之為

德，其盛矣乎」，所以他們是很敬畏鬼神的。也許周君最近的消沉是因為看到我們隨便對待 Leichnam（屍體）？所以對醫學也厭惡了？如果真是這樣，你就對他說，日本的 Kranke（病人）很樂意死後捐出遺體為醫學所用，特別是如果能夠幫助中國醫學進步的話，他們會覺得格外光榮。你這樣告訴他，給他打氣。要是解剖實習就這麼難受，那以後的小 Operation（手術）就更做不了了。」藤野先生的話題總是不離周君。

「那信的事，該怎麼辦？」

「不用擔心。不過，要是周君因為這件事不願意上學就難辦了，所以你要好好開導、鼓勵他。信的事置之不理就好了。要是津田再吵嚷出來反倒不好，這樣吧，我讓幹事找出寫信的人。不用向我報告是誰寫了信，但要讓寫信人親自去向周君那兒調查他的筆記，承認自己的錯誤，和周君和解。就這麼辦吧。幹事是矢島對吧。」

但問題是幹事就是寫信人啊。不過，先生讓矢島去查犯人也真夠諷刺的，也許會發生什麼有趣的事。這樣一想，我說：「是的，那就拜託您了。」一邊說，一邊轉身打算離開。身後又傳來先生的訓誡聲：「不只是周君，你們都

要努力學習！個人自發，謂之『和』！」

這件事到底在周君心中造成怎樣的影響，我並不知道。那時周君的態度，讓人難以接近，在學校碰到，也只是互相笑笑，「還好嗎？」、「還好」，不鹹不淡地打個招呼而已。藤野先生讓我說的安慰鼓勵的話，一句也說不上。我覺得要是說得不合適，反而會讓敏感的周君困窘。因此，我對這次信的事，裝作一概不知。

可是一週後，在一個下大雪的夜晚，周君頭上蒙著大衣，全身落著雪，像個雪人似的來找我。

「快！快進來！」又看到周君來訪我很高興，跑出玄關迎接，可是周君卻在門口躊躇著不進來。

「可以嗎？你沒有學習嗎？不打擾你嗎？」這種不爽快的態度是從未有過的。他幾乎是被我拽進屋的。

「我是從那邊的衛理公會來的。我太想找個人聊聊了，所以就來了。不打擾你吧？」

「你是知道的，我總是很閒。不過，教會怎麼了？」

周君和我一樣，很敬佩基督教所謂鄰人之愛，對釘在十字架上的聖人也很仰慕。但我們受不了那些以教會為職業的偽善者的虛偽悲愴的表情，以及進入教堂的年輕男女

們裝腔作勢的態度，所以對仙台市內隨處可見的教堂敬而遠之。周君甚至說過，虛偽的耶穌不是真正的耶穌，就像中國的儒家學者們歪曲了孔孟精神一樣，基督教的教義，只會讓這些外國的教徒們墮落。可是，今晚，周君竟然去了衛理公會。

周君自己也有些不好意思。

「我最近是個 Kranke（病人），所以遠離大家，成了 Einsam（孤獨）的鳥。但是，那個時候我很快樂，我們在松島，幼稚地誇誇其談——」說到這兒，他停了下來，目光低垂，縮在被爐裏沉默了好久，忽然抬起頭說：「其實，今天矢島來我的住處了。那封信是矢島寫的。」

這件事我已經聽津田說了。藤野先生讓矢島去查犯人，還讓他安慰周君。不知是出於東北人特有的道德潔癖，抑或是他信仰的基督教的反省美德，矢島當時便哭著承認自己就是寫信人。他為自己愚蠢的誤會道歉，主動提出辭去幹事一職，並推舉津田接任。津田自然順理成章地接受。結果，矢島、津田都當了幹事。可以說是個讓各方都滿意的結局，所以津田在背後叫我「軍師」。什麼軍師，不過是沒辦法中的辦法。

「藤野先生總是幫我修改筆記，所以才會有那樣的誤會。我反而覺得對不起他。以前我確實不喜歡他，和他談過後，我才發現他是個誠實坦率的人。我諷刺地問他，你不是個基督教徒嗎？他很認真地點頭，說是的。基督教徒並非就不犯錯，正因為他有很多的缺點，總是犯錯，所以才成為基督教徒的。教會，就是像他這樣容易犯錯的人的醫院、Krankenhaus（醫院），福音就是他們 Herz（心臟）病人的 Krankenbett（病床）。矢島的話深深地刺痛了我的心，我也想敲開 Krankenhaus（醫院）的大門，因為我的確是個 Kranke（病人）。所以我今天去了教堂。可是那種誇張的西洋式的儀式無法讓我信服，所以我很失望。佈道的內容正好是舊約的《出埃及記》，說的是摩西如何辛苦地將同胞們從奴隸的境地解救出來。我聽了後，毛骨悚然。看到自己的數以百萬的同胞在埃及的貧民窟中每日在爭吵與懶惰中度日，摩西雖然不善言辭，但還是苦口婆心地勸說大家離開埃及。可是他的同胞們卻認為摩西帶來了麻煩，他們罵他、大聲斥責他。當他終於成功帶領同胞離開埃及，卻又開始了長達四十年在荒野中的迷失。跟隨摩西離開埃及的猶太人不但不感激他，反而全都抱怨他、

詛咒他，說都因為他做了多餘的事，才讓大家陷入了這麼悲慘的境地。離開埃及沒有帶來任何好處，還是在埃及的時候好，當奴隸又怎麼樣呢，還能吃到面餅，鍋裏還有鴨子和蔥。他們完全口不擇言，盡情地發牢騷，說：『我們在埃及，坐在肉鍋旁，盡情地吃面餅時，上帝並沒讓我們死去。可是你引導我們來到曠野上，難道是要讓我們全都餓死嗎？』於是我想到了我國的民眾，太痛苦了，無論如何沒法兒再聽下去，就跑了出來。我想找人聊聊，所以就來找你。是絕望。絕望是個讓人厭惡的、矯揉造作的詞。我該怎麼說好呢？所謂民眾，其實都是一樣的。」

「我沒看過《聖經》，不過我知道摩西最終成功了對吧？他站在毗斯迦山頂，指著美麗的約旦河流域，喊著『看到故鄉！』」

「但在那之前，要讓同胞們忍受四十年沒吃沒喝的艱難歲月。這可能嗎？不是五年或者十年，而是四十年！我不知道。今年夏天我在東京度過，我獲得的是對拯救民眾這件事的懷疑。今天又要讓你聽我的長篇大論了。在松島的談話是那麼愉快，可今晚我要說的，卻是苦悶和黑暗。」說著他咧著嘴笑了，「我現在笑了，為什麼笑呢？埃及的奴

隸們一定也像這樣，時不時地會浮現出自己也不明所以的笑容。奴隸的笑容。因為是奴隸，所以才會笑。我注意觀察過在仙台街頭散步的俘虜的表情，他們幾乎不笑。這就是還有希望的證明。他們只是渴望著儘快回國，所以他們比奴隸強。有時我會給他們香煙，他們理所當然地接受。他們還沒有成為奴隸。」

當時的仙台，有很多俄國俘虜，最多時有兩千人。他們被收容在荒町、新寺小路附近的寺院，還有宮城原野的臨時房屋中。那年秋天開始，他們被允許在市內自由散步。我不知道俄語的準確發音，但他們想要「帕比羅斯」，就是香煙。在仙台，就連孩子們都知道了帕比羅斯這個詞。他們逗俘虜「想要帕比羅斯嗎？」俘虜一點頭他們就高興地跑去香煙店買來香煙給俘虜。

「我給他們香煙，他們平靜地接受了，這反而讓我覺得自己很可恥，甚至感到受了侮辱。也許這個俘虜已經看出來我是中國人。他知道中國正在成為列強的奴隸，所以他們對我也有一種優越感。當然，這也許只是我的固執的偏見。沒錯，這就是我這次去東京學到的，固執的偏見。我很擔心。拯救我國的民眾，讓我很擔心。現在想想，當時

在松島說的話，真的很幼稚。我一方面懷念那時的單純幼稚，同時也感到羞恥。有時一個人想起來，會面紅耳赤。那時的我沉醉在孩子氣的幻想中，我以為自己足夠了解中國的現狀，但那只是少年的自以為是罷了。我其實什麼都不知道，現在就更不知道了。別說是中國的現狀，我連自己是個什麼樣的人，都不知道。那些東京的留學生同胞們，他們叫我『日本的崇拜者』，說我背叛了漢民族。還有人造謠說看到我和日本女人一起在東京街頭散步。為什麼大家這麼討厭我？是因為我說了中國的不好，讚揚了日本的忠義哲學嗎？還是因為我不肯像他們那樣投身直接的革命運動？我也和他們一樣，有革命的熱情。現在黃興一派和孫文一派的握手終於實現，中國革命同盟會成立了。大部分的留學生都成了同盟會的黨員。據他們說，中國的革命即將成功。可是我在想，為什麼會這樣。他們的氣勢越高漲，我的內心便越冷靜。

「小時候，別人越是狂熱地鼓掌，我越是不好意思一起鼓掌。聽演講時，我也很激動，但看到別人激動得鼓掌，我便不能鼓掌。內心的感動越深，越不能鼓掌。因為鼓掌是對演講者的虛禮，只有沉默不語才能表示真正的敬意，

所以我越來越厭惡鼓掌。運動會也是一樣，鼓掌加油讓我不安。我非常尊重基督教『如愛自己般愛鄰人』的教義，有時甚至會考慮入教，但教堂那種虛偽的莊嚴肅穆，阻擋了我的信仰。有一次你對我說，我是中國人，卻從來不提孔孟之言。你們覺得這很不可思議，但我是有意如此。我討厭那種說孔孟之言就像說俏皮話一樣的人。我雖然尊重藤野先生，但他一說起古人言，我就沉不住氣，心裏想：『求你了，快別說了！』從小時候起，我就被先生強迫背誦那些古人的聖賢書，這樣的教育把我培養成一個極度厭惡儒教的人。但我絕不輕視孔孟思想。孔孟思想的根本是什麼？有人說仁，有人說中庸，有人說寬恕，我認為是禮。而禮，是很微妙的。用哲學語言來說，就是愛的表現。人類生活之苦，就在於難以表達愛。人類不幸的源泉也在於此。這個問題如果能解決，那君臣父子的秩序自然便建立起來。人類也會從一切屈辱、束縛的痛苦中解脫出來。可是那些儒家學者們，卻只是將禮作為細枝末節的行為做法教給孩子們，那禮也便墮落成『君侮辱臣，父束縛子』這種偽善行為的藉口。

「這種情況早已有人察覺，魏晉時期的竹林名士，為了

逃避禮的束縛，躲進了竹林，只是不斷地喝酒。他們行為放浪，甚至裸著身子喝酒。當時所謂『道德家』們，指責他們是無賴的背德者，即使是現在，正人君子們提起竹林名士仍舊會皺眉。但其實他們自己也並不認為自己的行為高尚，他們沒有辦法。除了竹林，他們無處可去。那些偽君子們，在禮的名義下，給反對自己的人隨意安插不孝的罪名，以保全自己的地位與財富；而那些信守禮之本來意義的人們，看到禮被濫用，心中不平，卻又無能為力。無奈之下，後者乾脆走向另一個極端，不但再也不提禮字，而且自暴自棄，將禮貶得一錢不值，自己也開始酗酒，酒後更會做出些張狂的事。但，真正把禮的思想放在心裏珍而重之的，在當時也只有這些人了。因為那個時代，如果不這麼做，便無法堅守禮。那些『道德家』們表面上比誰都守禮，但其實是在破壞禮教思想，因為他們根本不信奉禮教；而信奉者們，卻成了背德者，逃進了竹林，只能喝酒了。我雖然不想逃進竹林，放肆飲酒，但我的心靈在竹林中彷徨。我對那些儒教學者們一眼就能看透的偽善行為極度厭惡，這一點在松島時已經和你說過很多了。思想如果淪為廳堂間的恭維，那這思想便消亡了。為了逃離這消

亡思想的遺骸，追求新學問，我背井離鄉去了南京。後來的事情，我在松島都告訴你了。但今年夏天，我的東京之行卻讓我更深、更痛苦地迷失在竹林中。我不知道那是什麼，或者說，我即使知道也沒有勇氣說出來。如果不幸我的懷疑是真的，那我不知道除了自殺我還能做什麼，我多麼希望我的懷疑只是妄想。還是讓我說清楚吧。我從我的同胞留學生的革命運動中，又看到了那種虛偽的莊嚴肅穆。我不能追隨他們狂熱的腳步，也許這就是我不幸的宿命。我知道他們的革命運動是正確的，我也尊敬孫文、信奉三民主義，我珍視這一切。這是我最後的希望。如果被這些拋棄，那我就成了浮萍、成了奴隸。但我卻在走上一條和竹林名士一樣的路。我很努力了。我也想過自己也成為革命黨的一員，想過把自己的人生航線修正過來，把自己人生航船的舵固定在這個方向上。我對自己說，留學生們的熱情也沒有錯，所以你要和他們一起吶喊，那些羞恥心不過是你的虛榮罷了，你是個不健康的虛無主義者，你的臉上其實是奴隸的微笑，你要小心。把自己的心靈從黑暗中解脫出來，不自然也沒關係，讓自己看到光明吧。可是——」說到這兒，他忽然慌亂地問：「幾點了？已經很

晚了吧？」

我告訴他時間。

「已經這時候了。那我再打擾一會兒可以嗎？」他低聲下氣地問，「最近我意識到自己根本不了解別人的想法。中國人的想法我都不了解，更何況是外國人的你們，我自然也不了解。一直以來，我都仰仗著你的好意，還有藤野先生，還有這裏的房東一家，這讓我自我感覺良好。可是矢島的信讓我一下子清醒過來。原來在日本人眼中，中國人是劣等民族，所以不可能取得好成績。這樣一來，我反倒輕鬆了。溫情會讓人痛苦，今後你也要和我開誠佈公。譬如今晚，我在這兒待到這麼晚，一定很讓人討厭吧。沒關係嗎？」

我沒說話。要是他再這麼一味的客套，那房東一家說不定真的會厭煩。

「你生氣了。可我還是只有對你才能安心。自從松島以來，我和你說了太多蠢話，什麼醫學救國之類的，」說到這兒，他忽然一笑，「不過是拼湊出的幼稚的三段論，狗屁不通。科學！我怎麼會那麼敬畏科學？就像孩子玩火柴，看起來很可愛。可是讓孩子使用科學這個武器，會發生什

麼呢？也許只會是個悲慘的結局。孩子只考慮玩兒，即使治好了病，也會馬上跑去河裏玩耍，於是再次得病。依靠科學的力量讓民眾覺醒，促使他們產生新生的希望和努力，最終引導他們走上維新的道路，這就是我幼稚的三段論，根本不可能。我的努力根本沒用，都是些歪理。我已經放棄所謂科學救國論了，我要重新思考。摩西不也花了四十年麼？不知為什麼，每次我走投無路時都會想到日本的明治維新。日本的維新並非依靠科學的力量，而是受到以水戶義公的大日本史為首的契沖、春滿、真淵、宣長、篤胤，還有日本外史的山陽的精神啟蒙。沒有將 Materiell（物質）的安慰作為教化的手段，這就是明治維新成功的原因。利用科學帶來的享受拯救本國的國民是很危險的，那不過是西方列強為了達到侵略的目的，用以使他國國民就範的手段罷了。對本國國民的教化，思想啟發是第一位的，治癒肉體的痛苦，激發新生的希望，再進行精神的教化，不需要這樣繞圈子了。從我自己身上就可以明白，領會了日本哲學的忠義一元論之後，我也得到了拯救。而舔舔冰激凌，吃個奶糖，看看電影，只能讓人享受一時的快感。在我看來，日本的一元論哲學，雖然看似無形，但卻

被眾人默默實踐著，這樣才最可靠。我從不相信那些熱鬧的東西，聲勢越浩大，越不可靠。東京的那些人，開口閉口三民主義、三民主義，好像不說三民主義就非人類。所以我懷疑那些三民主義的真正信仰者，是不是都躲進了竹林裏。當然，但願這只是我的妄想。我開始漸漸不知道三民主義到底是什麼了。不過，我知道只有他們的熱情是必須相信、必須尊重的，他們為了拯救自己的國家而豁出命去奔走吶喊。我的人生，必須和他們同步。我雖然不是革命黨的黨員，但也不是個懦弱的人。我做好了犧牲的思想準備，我人生航船的舵，不管我是否願意，都已經固定在了那個既定的方向上。我必須為他們做些什麼。可以想到該做些什麼呢？我的眼前就出現了竹林。他們說我是個民族的背叛者，是個日本的崇拜者。我倒覺得，只要他們沒有背叛民族，就是民族之幸。我不懂政治，比起黨員數量、幹部名單，我更關心人心的隔閡。說得明確一些，比起政治，我更關心教育。我們有什麼獨特的哲學或宗教，我的思想也很貧乏，我只想把我一直信仰的三民主義，傳播給更多的民眾，從而促進民族的自覺。其實仔細想想，我能為他們做的，也只有這一點兒簡單的事情而已。但即

使這麼簡單的事情，對我這樣沒什麼能力的人來說，也絕不輕鬆。要是想當醫生，在大家的幫助下，總能實現，但教育者便難了。從日本維新的例子看，對民眾的教育，自然是著述最有效，但我的文章卻寫得不好。對我來說，成為中國的賴山陽❶，比成為中國的杉田玄白，要難上百倍。結果，政治家也好，醫生也好，教育家也好，我都沒什麼把握。於是今天去了教會，想找個 Krankenbett（病床），卻聽了一番奴隸的故事，大驚之下跑來你這裏，說了這麼多囉裏囉唆的話，我是不是像個小丑了？真是失禮了，你一定覺得很無聊。好了，我這個小丑也該退場了。房東他們好像還沒有睡，說不定正在聽我說話呢。『那個中國人在說些什麼啊，喋喋不休的。真是討厭，他不走我們就不能關大門。真沒眼色。』我是不是個怪人？也只有你能理解我了。我現在誰也不相信。我走了，再見。」

「我有個請求，請你在大門外等一分鐘。」

周君很不解，但還是輕輕點點頭走了出去。

我對房東一家大聲說：「大嬸，周君回去了。」

---

❶　賴山陽（1781–1832）：江戶時期後期的著名歷史學家、思想家及漢學家。

「哎呀，他有沒有帶傘啊？」就是這麼簡單的對話，但卻是我想讓周君聽到的。

我走出大門，本來應該站在那兒等我的周君，已經不見了，只有雪還在靜靜地下著。

到底是四十年前的事情了，也許我的記憶也有偏差。但我確切地記得，就是在那個雪夜，周君第一次說到，一國的維新，不能依靠西方的科學，要致力於民眾的教育，首先改造他們的精神，否則定難成功。這個想法，讓周君開始關心文學，並最終成為文豪魯迅。不過，這和普遍認為的，周君是因為所謂「幻燈片事件」，才有了棄醫從文想法的說法並不一致。據說，多年之後，魯迅回憶自己的仙台時代，也明確提到是因為「幻燈片事件」，才促使他作出棄醫從文的決定。我想那是他出於某種原因，對自己的經歷進行了四捨五入的整理之後寫下的。人類的歷史，有時會像這樣需要整理。我不知道魯迅是出於什麼原因對自己的過去進行了這種「戲劇化」的整理，也許我們只能從當時的中國局勢、日中關係，以及他作為中國代表作家的地位中尋找原因。但我太遲鈍了，做不了這麼瑣碎繁雜

的工作。舞台上經常會有美女一轉身變成女鬼，但人們生活中卻不存在這樣突兀的轉變。人心的變化，旁人自然不明白，就是本人，只怕大多也都不明白。大多數情況下，人們是驚訝地意識到自己的體內原來流著不一樣的血。「幻燈片事件」就發生在第二年春天，但在我看來，那並不是他轉變的決定性因素，只是促使他發現自己轉變的契機。他絕不是看到那個幻燈片就轉向了文學，而是早就喜好文學。這個判斷可能太凡俗，連我自己都覺得無趣，但我卻只能這麼認為。如果他不喜歡文學，他是走不下去的。而點燃他心中愛好文學的火星，並使之熊熊燃燒的，與其說是那一張幻燈片，不如說是當時日本青年中流行的文學熱。

說起當時日本的文學熱，真是來勢洶洶，幾乎無人不談文學。那些女學生們，是不是真的讀不曉得，反正懷裏抱著詩集、小說，驕傲地走在路上，看到我們這些俗人，就神經質地皺起眉頭，瞪我們一眼。仙台的劇場裏也經常上演文士劇 ❶。我這樣的俗人，也終於不得不順應潮流，悄悄讀起了島崎藤村的新體詩。這還只是東北的仙台，繁

❶　文士劇：由作家、記者等文學工作者演出的業餘戲劇。

華之都的東京便可想而知了。周君暑假去東京時，首先感受到的就是這股洶湧澎湃的文學熱潮。他看到了書店中如洪水般到處都是的文學書籍，還有在這書籍的洪水中奮力遨遊的青年男女。他想知道他們到底在尋求什麼，於是自己也加入了這個行列。所以，他回到仙台時帶回了大量的文學書籍。他說過，那些人就是自己的競爭對手。他心中對文學的熱情被點燃的同時，也從沒有一刻忘記過中國青年們的革命呼聲。於是，醫學、文學、革命，或者說科學、藝術、政治，他把自己捲入了這三者混亂的漩渦中。對他後期的那些偉大著作我幾乎一無所知，因此，我也不了解所謂魯迅在文學上的巨大成就。但有一點我很清楚，他是中國最初的文明病的患者。我所知的仙台時代的周君，在現代文明中迷失，為了尋求病床，曾經敲開過教會的大門，但並未得到救贖。他不知該何去何從，以至於這樣一個高尚而誠實的青年，臉上也出現了奴隸般的微笑。在混亂的漩渦中，他開始嫌棄自己。在對於現代文明的感情上，他無疑是中國可悲的先驅者中的一個。不斷審視自我、反省自我的過程如地獄般痛苦，但正是這痛苦讓他越來越接近文學，而文學正是人類感情的畫卷，文學也正是

他一直熱愛的道路。於是他爬上這張「病床」，這才感到一絲安心。總之，這不過都是我的個人判斷。對一個人心理的說明，也許就連本人都做不到，何況是我這樣才疏學淺之輩，更不可能了解透徹。但世人都說的魯迅轉變的原因，我卻無論如何不敢苟同，因此才有了上面的這番妄議。

那個雪夜之後大約過了一個月，我記得是明治三十九年（1906）的一月，周君忽然有一週沒來上學。我問津田，他說是吃壞了肚子在家休息。於是放學後，我去他的住處探望。周君的臉色蒼白，看到我來馬上起身。我趕忙制止，他卻不聽，疊起被褥，對我說：「我已經好了，津田醫生診斷我得了瘟疫，說我沒救了。結果完全是誤診，不過是新年裏乾青魚子吃多了罷了。日本人過年淨吃些乾青魚子呀、豆子呀這些不好消化的東西，倒是個痛快的國家。」

我看了看桌邊散落的大量書籍，幾乎全都是文學書籍。德國 Reclam 出版的最多，還有不少日本作家，森鷗外、上田敏、二葉亭四迷的著作。

待我和周君圍著被爐對面坐好後，我又問了個有點兒愚蠢的問題：「哪國的文學更好？」

「這個麼 —— 」那日周君心情極好，爽朗地說，「文學就是一個國家的鏡子，所以如果一個國家認真努力的時候，就會有好的文學。表面看來，文學只是那些柔弱文人們遊戲的工具，無關國家存亡，但它又確實反映了國家的實力。可以說是無用之用，決不能輕視。我很想了解埃及和印度的文學，但找遍了東京的書店，卻一本也沒找到。印度和中國一樣有著悠久的文明，所以總會有人出於民族自豪，創作一些反抗民族壓迫的作品。我只會講些乾巴巴的道理，在詩歌、小說創作上缺乏才能，我想把這些反抗民族壓迫的作品翻譯成中文，介紹給我的同胞。可是，就算是要翻譯，文章寫得不好也不成。留在國內的我的弟弟，周作人，這麼說你別不高興，他笑的樣子和你很像，他從小就比我會寫文章，今後我們兩兄弟打算合作，嘗試一下文學翻譯。所以作為練筆，最近我試著寫了一些文章。」說到這兒，他從抽屜裏拿出一疊稿子，翻了一陣兒，「這篇怎麼樣？不過是中文寫的，你也看不懂吧。要不我翻譯一段兒。」

　　他拿起筆，不假思索地寫了起來，然後紅著臉有些遲疑地遞給我。真是一篇好文章。那天，我硬是帶走了那

張紙，只是為了留作紀念。雖然我當時並沒有預感到我即將和周君分別，但就像昆蟲也有感應，我對那張紙有著奇特的執著。之後很長一段時間，我都把那張紙夾在筆記本中，上課無聊時便拿出來看看，也是懷念一下已經遠離的周君。但畢業前，這張紙卻被一個同學拿走了，現在想想，真是遺憾。不過這是後話。當時我曾經反覆吟誦這篇文章，因此現在也還記得。題目是《文章的本質》，內容是這樣的：

　　文章本質，與個人暨邦國之存，無所系屬，實利離盡，究理弗存。故其為效，益智不如史乘，誡人不如格言，致富不如工商，弋功名不如卒業之券。特世有文章，而人乃以幾於具足。嚴冬永留，春氣不至，生其軀殼，死其精魂，其人雖生，而人生之道失。文章不用之用，其在斯乎？

　　（文章的本質同個人和國家的存亡，沒有什麼聯繫。它完全脫離實際利益，也不是窮究什麼哲理。所以，從它的功用上來看，在增進知識方面，不及歷史書冊；在勸誡人群上，不如格言；在使人發家致富方

面，不及工商業；在獲取功名上，不如畢業文憑。不過，世間上自從有了文學，人們便因而接近滿足了。嚴寒的冬天永遠存在，春天的生氣就不會降臨；雖然軀殼活著，靈魂卻死了。這種人雖然活著，但是人生的意義喪失了。文學的無用之用，道理就在這種地方吧？）

我的記憶力不怎麼好了，所以裏面也許有記錯之處，譬如語調氣勢便不及原文。而周君的原文如何精妙，那就要拜託讀者諸君自己想像了。

這篇短文的宗旨，看似與他曾說過的「有助於同胞的政治運動」有所差異，但文中的「不用之用」卻有著無窮的言外之意。也就是還是「有用」，但這功用，並不像實際的政治運動，給民眾以強有力的指導，而是徐徐浸潤人心，並使之充實。對文學的這種理解，在我看來非但不保守，反而十分健全。如果文學向這個方向走，那我們這樣的門外漢，也能感受到文學的巨大影響力。我記不清是我去探病的那天，抑或是另一天，周君曾舉過一個有趣的例子向我說明文學的力量。「譬如說，有一個人在海上遭遇海

難，在浪濤中一番掙扎，終於被海浪捲到岸邊。他死死地抓住的地方，是一個燈塔的窗台。他正想呼救，從窗戶中看到屋內，守燈塔的夫妻和他們的女兒正在吃飯，一家三口其樂融融。於是，他猶豫片刻。正在這時，一個浪頭一下子吞噬了這個覥腆的人。他失去了得救的機會。當然，也許不是在海上，也許是在一個暴風雪的夜晚，一個人悄無聲息地死了。沒有人知道。守燈塔的人不知道，他們一定會繼續他們幸福的晚餐。如果是暴風雪的夜晚，就連月亮和星星也看不到這一幕。沒有人知道。也許有人會說，現實永遠比小說更不可思議，可是這世界上，有很多誰都不知道的事情。正是這些無人看到的人生片段，藏著珍貴的寶石。文學，就是用天賦的觸角，搜尋出這些珍貴的片段。文學的創作更接近真實。如果沒有文學，那這世上將千瘡百孔，那些不公平的空洞，就像水往低處流一樣，需要文學填滿。」

　　聽了這些話，就算我是隻不通世事的猴子，也能明白了。原來我們不能沒有文學，否則就像沒有潤滑油的車輪，即使一開始跑得再快，也會因為沒有潤滑不得不停下。可是另一方面，一想到熱心指導周君醫學學習的藤野

先生，我又有些難過。那時藤野先生還什麼也不知道，一如既往地每週修改周君的筆記。但畢竟是自己教的學生，藤野先生也終於察覺到周君對醫學研究不再有熱情。於是，藤野先生常常會把周君叫去研究室，而我也被叫去過兩三次。

「周君最近好像沒精打采的，你知道是為什麼嗎？」

「班裏有人欺負他嗎？」

「你和周君談過研究課題嗎？」

「他是不是內心還是厭惡解剖實習？你有沒有和他說過，如果對醫學研究有幫助，日本的病人是很願意在死後捐出遺體的？」

諸如此類的問題接二連三落到我頭上。我呢，也只有支吾兩句應付過去。我總不能對先生說，周君醫學救國的信念已經動搖，他研究了日本的明治維新，認為這起源於一群思想家的思想啟蒙，但他對艱澀的思想性著作沒有把握，因此正在研究世界各國的文學，打算從文學角度進行民眾的教化。如果先生聽到這些，該受到多大的打擊啊。所以我也只能暫時瞞著先生，敷衍搪塞一下了。不過，我曾有一次對周君提過先生的擔心。

「咱們從藤野先生那要個研究課題吧，就是那個纏足的骨形研究。應該很有意思。」

周君只是笑著搖了搖頭。他應該什麼都清楚。那時的周君已經不像暑假後剛從東京回來時，總是一副冷冷的表情，但卻好像和我們生活在不同的世界裏，臉上總是掛著一絲意義不明的笑容。這一點，讓好操心的津田很是焦慮。

「那傢伙怎麼了？回來就是看小說，在學校也不學習。難道他已經加入了革命黨？要不就是失戀了？反正他那個樣子不行！說不定會留級的。他可是清政府專門選拔、派來日本留學的秀才啊，如果日本不能把他培養成才送回去，那可對不起清政府了。我們作為朋友也責任重大。他最近不怎麼理我，我勸了幾次，他什麼也不說，只是笑，怪模怪樣的，有點兒嚇人。你和他說說吧，也許他會聽。找個時間，好好說說『你快醒醒！』再揍他幾下，說不定他就回心轉意了。」

在這部手記裏，我曾有兩三次嘲笑過津田，我很後悔。仔細想想，最愛周君的，還是津田吧。後來當周君要離開，我們在我的住處為他舉行了個送別會。參加的人有愛喝酒的房東、他十歲的女兒、津田、矢島、我以及周

君。大家站起來，合唱了一首歌。現在想想，那歌聲再奇特不過了，是各種五音不全的破鑼嗓子的大集合。

「感念師恩，歲月飛逝，我們即將分別。再會、再會，分別後也永不忘懷，曾經相親相愛的歲月。」

唱著唱著，第一個哭得泣不成聲的就是津田。他說起話來雖然裝腔作勢，但和周君分別，卻比誰都難過。看到津田的這一面，我再也不害怕他，更不討厭他了。還有那個一度以為是鄉下花花公子的矢島，後來我發現他是個特別認真的人。就像周君對仙台人的評價：「出於東北雄藩的責任感，十分固執。」總是拘泥於所謂「仙台的顏面」，因此第一次和人打招呼時，會留下妄自尊大的印象。但如果你主動接近他，就會發現他其實十分羞怯，同時也很熱情、大方，為了掩飾內心的軟弱，才會故意表現出妄自尊大的態度。他會給周君寫那樣一封信，並非是想侮辱中國人，而是出於對中國秀才的敬畏。這種敬畏的心情無法自然地表達，於是產生了奇妙的倒錯，出於一種競爭的心態，認為自己不能讓仙台受辱，所以才寫了那樣一封信吧。越是認真的人，越容易鑽牛角尖。所以那封信才寫得不論字體還是內容都十分拙劣，說到底還是因為他是個認

真的人。那時看到周君不愛學習了，他還以為是因為他寫的那封信，所以為了彌補，他送給周君一本德語大詞典，還幫周君承擔作業，在學校上課時，特意坐在周君旁邊，一副熱心幫忙的樣子。可是，不論大家如何努力，周君最終還是離開了我們。

那是第二學年快結束的時候。雪化了，榴岡上的枝垂櫻已經開了，校園裏的山櫻也隨著一樹褐色的嫩葉一起開放了。我們正準備期末考試，發生了「幻燈片事件」，周君便忽然從我們周圍消失了。前面說過，我認為幻燈片並沒有讓周君立刻從醫學轉向文學，這個方向的轉變，是從以前逐漸開始的。但不可否認的是，「幻燈片事件」是一個導火索，最終讓周君離開了仙台。第二學年，開設了細菌學，教師用定影展示細菌的形狀。課程告一段落又沒有到下課時間，便放映些風景時事片，有華嚴瀑布、吉野山等等，色彩艷麗，至今我還記憶深刻。時事片大多是日俄戰爭的畫面，什麼封鎖旅順港、水師營會見、奉天入城等等。我們學生看到這些畫面自然都興奮地鼓掌歡呼。那一學年末的一天，細菌學課上，照例放映了些二零三高地的激戰、三笠艦的畫面，我們又是一陣兒歡呼鼓掌。後來畫

面一變，出現了給俄國人當間諜的中國人被處決的場景。聽了教師的說明，我們自然拍手歡呼。忽然，我看到教室的側門開了，一個學生悄悄地走了出去。我一下子想到那是周君。我了解周君的心情，不能置之不理，於是我也離開了教室，可周君不在走廊。上課時間，教學樓裏很安靜，我從走廊的窗戶望向校園，尋找周君的身影。他正躺在校園的山櫻樹下。我來到校園，走近他，發現他正閉著眼睛，讓我意外的是，他的臉上露出一絲笑容。

「周君。」我小聲叫他，他忽地坐起身來。

「我就知道你會跟來。不用擔心，多虧那個幻燈，我終於下定決心了。看到我久未謀面的同胞，我一下子清醒了。我要馬上回國。看到那個場景，我實在待不住了。我的同胞們，還是那麼的麻木不仁。日本在舉全國之力勇敢戰鬥，他們卻成為了敵國的間諜，也許是被重金收買的。比起那個叛徒，我更在意的是圍在周圍旁觀的民眾麻木不仁的表情，那就是現在中國人的表情。還是精神的問題，對現在的中國來說，最重要的不是強健的身體。那些看客們身體都很好，我越發確信醫學並非當務之急。他們需要精神上的革新，需要國民性的改善。這樣下去，中國永無

獨立的一天。打清興漢也好，立憲也罷，無非是換個政治口號，本質沒有任何區別。我有好久沒看到那種麻木不仁的表情了，所以我內心的焦點也無法集中，才會迷失。但多虧了今天的事，讓我看清了內心，這也是好事。我這就回國。」

我知道已經無法改變了，但有一句話我還是不由得脫口而出：「藤野先生呢？」

「是啊，」周君低下頭，「是啊，我辜負了先生。我也很難受。在這所學校蹉跎了這段日子。不過，」他抬起頭，「現在已經管不了那麼多了。看到同胞的表情，我已經無法再猶豫了。日本的忠義一元論不就是這樣嗎？對了，我終於領會了這個哲學的精髓。我回國後，首先要做的就是發起文學運動，改變民眾的精神。我將為此奉獻一生。我會和弟弟一起辦雜誌，雜誌的名字，我今天，就是剛剛，決定了。」

「叫什麼？」

「新生。」

他笑了。從他的笑容裏，再也看不到一絲一毫他所謂「奴隸的微笑」的卑屈的影子。

這就是老醫師的手記。我（太宰治）再加上幾句，以供讀者參考。

享譽全世界的東方文豪魯迅先生，於昭和十一年（1936）秋逝世。在那之前十年，也就是昭和元年（1926），先生四十六歲時，曾寫過一篇《藤野先生》的文章，現將部分摘要如下：

到第二學年的終結，我便去尋藤野先生，告訴他我將不學醫學，並且離開這仙台。他的臉色彷彿有些悲哀，似乎想說話，但竟沒有說。

「我想去學生物學，先生教給我的學問，也還有用的。」其實我並沒有決意要學生物學，因為看得他有些淒然，便說了一個慰安他的謊話。

「為醫學而教的解剖學之類，怕於生物學也沒有什麼大幫助。」他嘆息說。

將走的前幾天，他叫我到他家裏去，交給我一張照相，後面寫著兩個字 ——「惜別」，還說希望將我的也送他。但我這時適值沒有照相了；他便叮囑我將

來照了寄給他，並且時時通信告訴他此後的狀況。

我離開仙台之後，就多年沒有照過相，又因為狀況也無聊，說起來無非使他失望，便連信也不敢寫了。經過的年月一長，話更無從說起，所以雖然有時想寫信，卻又難以下筆，這樣的一直到現在，竟沒有寄過一封信和一張照片。從他那一面看起來，是一去之後，杳無消息了。

但不知怎地，我總還時時記起他，在我所認為我師的之中，他是最令我感激，給我鼓勵的一個。有時我常常想：他的對於我的熱心的希望，不倦的教誨，小而言之，是為中國，就是希望中國有新的醫學；大而言之，是為學術，就是希望新的醫學傳到中國去。他的性格，在我的眼裏和心裏是偉大的，雖然他的姓名並不為許多人所知道。

他所改正的講義，我曾經訂成三厚本，收藏著的，將作為永久的紀念。不幸七年前遷居的時候，中途毀壞了一口書箱，失去半箱書，恰巧這講義也在內遺失了。責成運送局去找尋，寂無回信。只有他的相片至今還掛在我北京寓居的東牆上，書桌對面。每當

夜間疲倦，正想偷懶時，仰面在燈光中瞥見他黑瘦的面貌，似乎正要說出抑揚頓挫的話來，便使我忽又良心發現，而且增強了勇氣，於是點上一支煙，再繼續寫些為「正人君子」之流所深惡痛疾的文字。

在日本出版魯迅先生選集時，日方編輯曾詢問先生想選入哪些作品，先生說別的作品可自便，但唯獨《藤野先生》務必編入選集。

後記

寫《惜別》這篇小說，是受內閣情報局和文學報國會的委託，但即使沒有委託，我也打算寫一部這樣的小說。這是一篇從很久之前就開始構思並收集材料的小說。為我收集資料提供了很大幫助的是我的前輩、小說家 —— 小田嶽夫。小田先生和中國文學的關係已無人不知。如果沒有小田先生的支持和幫助，懶惰的我是不可能下決心寫這麼一篇需要花費大量精力的小說的。小田先生曾寫過像春花一樣甘美的名著《魯迅傳》，在我動筆前，竹內先生又贈我

一本他剛剛出版的如秋霜般嚴峻的《魯迅》。這的確讓我很意外。我和竹內先生素未謀面，但他發表在雜誌上有關中國文學的文章我卻經常拜讀，並時有同感。我曾想拜託小田先生給我介紹竹內先生，但就在此時，竹內先生應徵入伍了。竹內先生出征之際，恰好他的《魯迅》出版了。我收到出版社送來的一部書，還有附言，說「作者留言務必贈與足下」。原來竹內先生出征前便特意叮囑了出版社，這已經讓我喜出望外了，沒想到書的題跋裏竟提到，這位中國文學的俊才，一直愛讀我的小說，這真讓我無地自容了。因為這奇特的緣分，我像個少年般全身心投入這部小說的創作中。

但這部小說完成後，我卻惴惴不安，不知是否辜負了小田先生的幫助和竹內先生的鼓勵。

在小說創作過程中，為了調查仙台醫專的歷史，東京帝大的大野博士、東北帝大的廣濱博士和加藤博士為我寫了介紹信。承蒙仙台河北新報社的幫助，讓我查閱了報社收藏的重要資料，了解了仙台市的歷史。我不知道自己寫的這部小說會起到什麼作用，但像我這樣默默無名的作家能夠得到這些幫助，無疑得益於內閣情報局和文學報國會

的支持。能為我這個不修邊幅的窮書生寫介紹信，能讓我自由查閱珍貴的資料，大家的這些幫助我永遠不會忘記。

　　最後我無論如何需要說明的是，情報局和報國會從未對我的創作進行過任何干涉，這部小說完全是我 —— 太宰治的自由創作。在我交稿後，他們也並未進行過任何修改。所謂朝野一心，無非如此了罷。這並非我一人之福。

薄明

薄明

　　位於三鷹 [1] 的居所被炸毀，無奈我們一家只好遷居到了妻子的娘家甲府 [2]。妻子娘家只有妻妹一個人住在那裏。

　　那是昭和二十年（1945）的四月上旬。美軍的軍機無數次地從甲府上空飛過，但是幾乎沒有投過一次炸彈。甲府街道上的氣氛也不像東京那樣充滿了戰爭氣味。我們久違地得以脫掉防空服，睡了個安穩覺。那年我已經三十七歲了，妻子三十四歲，長女五歲，前一年八月份剛出生的長子還不到兩歲。在那之前，我們的生活雖然並不輕鬆，但是總算一家人都無病無災。我心想，好不容易忍受著各種艱辛活到了現在，得要再多活幾年，看看這個世界究竟

---

[1]　三鷹：位於日本東京都多摩地區東部。

[2]　甲府：位於日本山梨縣。

會變成什麼樣子！但同時，我還有一個更加強烈的想法，是我絕對無法忍受妻子和孩子都先我而去，剩下我一個人孤苦伶仃。那結果即便是想一想都讓我感到無法承受，因此，我無論如何要保住妻兒們的性命，為此我必須採取萬全之策。但是，我沒有錢。就算是之前有一些大金額的入賬，我都會立刻用那些錢去喝酒，嗜酒是我的一個非常嚴重的缺點。那個時期，酒可是相當昂貴的。但是一有朋友來找我，我都會忍不住像從前那樣和朋友們一起急火火地跑到外面大喝一頓。雖然我很羨慕很多人早早地就把家屬疏散到了偏僻的鄉下避難，但我根本沒有做任何的準備。自己沒有錢，再加上懶惰，一直在東京的三鷹晃晃悠悠，直到遭到了**轟**炸，厭煩了待在東京，一家才輾轉轉移到了妻子的老家。如此一來，時隔一百多天，我終於可以脫下防空服睡覺了。一想到可以有些日子不用再在寒冷的夜晚叫醒孩子們衝進防空洞，我總算是可以先喘口氣了。雖然可以預見到今後還會有各種各樣的苦難。

我們一家人已經失去了「自己的家」，雖說迄今為止我也和許多普通人一樣經歷過很多生活的艱辛，但有很多事情依然超出了我的預估。帶著兩個年幼的孩子寄宿在別人

家裏，就算是妻子的娘家這種近親，我依然感受到了各種前所未有的艱辛。甲府妻子的娘家，只有妻妹一個人住在那裏。妻子的父母都已過世，姐姐們也都出嫁了，家中排行最小的弟弟就成了戶主。可是他兩三年前大學一畢業就加入了海軍，留在甲府家中的就剩下了弟弟上面的姐姐，也就是挨著我妻子下面的妹妹，一個二十六七歲的女孩子獨自住在那裏。這個妹妹經常通過書信和當海軍的弟弟商量甲府家中的各種大小事情。我雖是他們兩人的姐夫，但姐夫在這個家裏是沒有任何實權的。不但沒有實權，自從結婚以來，我給這個家裏添了不少麻煩。也就是說，因為我是一個靠不住的男人，妻弟和妻妹們關於家裏的任何事情都不和我商量，想想也是理所當然的事情。再加之我對這甲府家中的財產之類的也完全沒有興趣，所以我覺得這樣對彼此都好。

妻妹具體是二十六還是二十七歲，我也沒有正式問過。總之在外人看來，三十七歲的姐夫和三十四歲的姐姐帶著兩個孩子一窩蜂地來到這麼一個女孩子獨自經管著的家裏，也許會糊弄這個妹妹和身在遠方的年輕海軍，不知道什麼時候就會把這個家的財產據為己有，如此等等。雖

134

然不知道是否有人會這樣猜疑，但是不管怎麼樣，我們是年長者，總擔心會不會在無意識間侵犯了他們的自尊，那時候的感受呀，就好比行走在長滿了青苔的院子裏，為了不踐踏到青苔，順著踏腳石一蹦一跳，凡事都要小心翼翼的。當時我甚至想到，如果有一個年齡比我們大，充分經歷了世間各種勞苦的男人在，我們也會輕鬆一些吧。我的這種消極的顧慮，也是相當耗費精力的。

我借住了一間面朝後院的房間，面積有六張榻榻米大小，作為我的工作室兼臥室，還借了一間放有佛龕的同樣大小的房間作為妻兒們的臥室。我按照常規的標準確定好房費、餐費以及其他的費用，儘量注意不讓妻子的娘家吃虧，並且約定好當我有來客時，不使用家裏的客廳，而是直接帶到我的工作室。但是，我是個酒徒，而且常常有從東京過來玩的客人。雖然想著要儘量地尊重娘家人的權利，但是有很多事情的結果，還是覺得挺對不住他們的。妻妹反而很關照我們，經常幫我們照顧孩子，連一次不愉快的正面衝突都不曾有過。可是不知道是不是因為我們有著「喪家」之人的乖僻，總覺得有一種如履薄冰的顧慮。結果，這次的逃難，不管是於妻子的娘家人，還是於我

們，都成了一件非常勞心的事情。但是，即便如此，我們這種情況似乎在逃難者當中算是最好的了，其他人的境遇也就可想而知。

「千萬不要外出逃難，堅持留在東京！直到房屋完全被燒毀，那樣反而會更好些！」當時有個朋友帶著家眷一直留在東京，我給他的信中曾這樣寫道。

我們來到甲府時是四月，天氣還稍微有點冷。這裏的櫻花比東京晚了很久，剛剛開始零零星星地綻放。到了五六月，盆地特有的炎熱來襲，石榴樹深綠色的葉子反著光，烈日照射下，火紅色的花蕾瞬時便綻放開來。葡萄架上青色的小果實也日益膨脹，一點點地形成了有點重量的長串兒。就在這時，甲府市內突然間騷動起來。「美軍的攻擊已經開始面向中小城市，決定要把甲府也燒光！」街頭巷尾充斥著這樣的傳聞。市民們都人心惶惶，把所有的家具雜物都裝在推車上，帶著家眷逃向深山。即使是深夜裏，人們的腳步聲、車輪聲也不絕於耳。雖然我也意識到了甲府早晚會遭轟炸，但是剛剛可以脫了防空服睡覺，還沒有來得及喘口氣，就又要帶著妻兒們，拉著車整裝出發，逃到山裏面不認識的人家，去給人家添麻煩，那實在

是太辛苦了！

於是我提議道：「我們還是在甲府的家裏再堅持一下吧。如果一旦有燃燒彈投下來，老婆你背著小兒子逃，女兒有五歲了，她自己可以走了，你牽著她的手，你們三個人姑且向著遠離街市的農田那邊跑。留下我和妻妹分頭滅火，盡力地保全這個家。即便是房子完全被燒毀了，大家再齊心協力，努力在廢墟上重新搭建個小房子就行了！」

我的提議得到了認可，一家人也就按照這樣的打算，在院子裏挖了個大坑，把食物、鍋碗瓢盆，還有雨傘、鞋子、化妝品、鏡子、針線等一些能夠滿足最低限度生活的必需品埋在了裏面。這樣即便是房子全部被燒毀了，也不至於太過淒慘。

「把這個也埋進去。」五歲的女兒把自己的紅色木屐拿了過來。

「啊，好的，好的。」我接過來把它塞到了一個角落裏，忽然之間，我覺得似乎是在埋葬什麼人似的。

「我們一家人終於心齊了！」妻妹說道。

對於妻妹來說，這也許就是所謂滅亡前夜的一種不可思議、隱隱約約的幸福感吧。不過，四五天之後，甲府的

家也被完全燒毀了。這一天的到來竟比我的預感提前了一個月。

在空襲的十天前，我的兩個孩子都因為眼疾，一直在醫院治療。醫生診斷是流行性結膜炎，兒子的病情稍輕，而女兒的眼疾卻日益加重。轟炸開始的兩三天前，她幾乎完全失明，眼皮腫著，連相貌都變了樣子。用手撐開眼皮檢查裏面的眼球，發現幾乎已經糜爛了，像死魚眼一樣。我甚至懷疑這可能不是簡單的結膜炎，而是感染了什麼更為嚴重的細菌，已經不可救藥了。隨即又去看了別的醫生，診斷結果還是結膜炎，據說完全恢復需要相當長的時間，並不是沒有救了。但在我看來，醫生誤診是常有的事情，或者應該說誤診的情況更多。因此，我是不大相信醫生的話。

我急切地盼望著孩子的眼睛能儘快恢復，因為這件事，我無論喝多少酒都不會醉。有時在外面喝完酒，回家的路上都吐了。即便如此，我也會蹲在路邊，認真地雙手合十祈禱：希望回到家後，孩子的眼睛就能睜開了。到家後，一聽到孩子天真無邪的歌聲，「啊，太好了，眼睛睜開了」，我興奮地飛奔進房間，看到的卻是孩子無精打采地站

在昏暗的房間中央，低著頭在唱歌。

那情形實在是目不忍睹，我隨即便又跑到了屋外。我自責這所有的一切都是我的責任。因為我是個貧窮的酒徒，所以孩子才變成了瞎子。如果我一直生活得像個優秀市民，也許這樣的不幸就不會發生。所謂父母的因果由孩子回報，這是上天的懲罰吧。我也想過如果這個孩子，這一生眼睛都睜不開了，什麼文學呀、名譽的我都不要了，我要拋開一切，陪伴在這個孩子的身旁。

「弟弟的腳丫在哪裏？手手呢？」女兒心情好的時候，會摸索著和弟弟玩，每當看到這種情形，想到如果這種情況下發生了空襲，我就會感到不寒而慄。除了妻子背著兒子，我背著這個孩子跑，也沒有其他的辦法了。可是這樣一來，就只剩妻妹一個人守護這個家，那恐怕是不可能的。如果妻妹也只好一起逃，那這個家也就只能變成一片廢墟了。而且參考東京當時的情況，必須做好美軍會將甲府全市化為灰燼的心理準備。情況果真如此的話，孩子看病的醫院以及其他的醫院都將不復存在，甲府就沒有醫生了。那麼，孩子就會一直處於失明的狀態，那將萬事休矣！

「聽天由命吧！不過，我覺得應該還能再撐一個月吧。」晚飯時，我強作歡顏，笑著跟家裏人說。然而就在那天夜裏，巨大的爆炸聲和空襲警報一同響起，四周立刻變得一片通明。美軍開始了燃燒彈轟炸。妻妹把餐具一股腦丟進了走廊邊的小池子裏，發出「哐當哐當」的聲音。

空襲就這樣在這最糟糕的時刻開始了。我背著失明的女兒，妻子背著小兒子，我們各抱著一床被子衝出了家門。我們穿過了數十條街道，中途在路旁的水溝裏躲避了兩三次，終於來到了農田裏。田裏剛割過小麥，我們把被子鋪在田裏，剛坐下來喘了口氣，就看到火焰如降雨般從頭頂落了下來。

「捂上被子！」

我對妻子喊道，隨即背著孩子，頂著被子趴在了田裏。如果直接被炸彈擊中的話，那一定會很疼吧，我思忖道。

炸彈並沒有直接擊中我們。我推開被子，抬起上身一看，周圍已經成了一片火海。

「快！快起來滅火，快滅火！」我特意大聲地對著妻子喊道，同時也是為了讓周圍趴著的人們都能聽到。我隨即

用被子把周圍的火焰依次壓滅。滑稽的是，那火焰居然很容易就被撲滅了。我背上的孩子雖然眼睛看不見，但她一定是感覺到了形勢的嚴峻，沉默著沒哭一聲，緊緊地趴在我的肩頭。

「沒有受傷吧！」火焰差不多都熄滅後，我走到妻子身邊問道。

「嗯。」妻子平靜地回答道，「如果真這樣就結束了的話，還挺好的。」比起燃燒彈，妻子似乎更害怕炸彈。

我們轉移到另一塊田地裏，剛剛休息了一會兒，頭頂上又降下來火焰雨。說句匪夷所思的話，似乎活著的人是帶有一點點神性的。不僅僅是我們，逃到那片田地的所有人，竟然沒有一個被燒傷。大家用被子、土蓋在那些燃燒著、黏糊糊的像油一樣的東西上，將火撲滅後就都休息了。

妻妹因為擔心我們第二天的口糧，出發去了距離甲府六公里的一個遠親的家裏。我們一家四口，把一床被子鋪在地上，一床被子大家一起蓋著，就原地不動地休息了。我的確是累了，再也不想背著孩子們到處跑了。孩子們在被子上安靜地入睡了，我們夫妻倆茫然地眺望著甲府市燃燒著的火焰，已經聽不到飛機的轟炸聲了。

「看來這輪兒轟炸結束了。」

「是呀。唉，真是受夠了。」

「我們家都被燒毀了吧。」

「不知道是什麼情況呀。能夠倖存下來就好了。」

「估計不行了吧。」

「是呀。」

我內心裏雖然認為沒什麼希望了，但還是會僥倖地希望會發生奇跡。如果房子還能倖免的話，那將會是多麼開心的事情啊。

我們眼前就有一家農戶的房子在熊熊地燃燒著。我們看著它從開始燃燒到完全燒毀，竟也耗費了不少時間。那屋頂和柱子連同那個家庭的歷史就這樣化為灰燼了。

東方漸白，天亮了。

我們背著孩子們來到市郊殘存著的一所學校，讓他們在二層的一間教室裏休息。孩子們這時也都醒了。雖然說醒了，但是大女兒的眼睛還是睜不開。她摸索著爬上講台，似乎完全沒有意識到自己境遇的變化。

我把妻子和孩子們留在教室裏，出發去確認我們的家究竟成了什麼樣子。道路兩旁的房屋還在燃燒，一路上煙

薰火燎，又熱又嗆，非常痛苦。我東繞西繞才終於靠近了我們家所在的街道。我心想，如果家還在那兒該有多開心啊！可又覺得那絕對是不可能的事情。我暗自告誡自己一定不能抱有任何希望，但是腦子裏還是不停地冒出：或許有萬分之一的可能⋯⋯終於，我眼前出現了我們家黑色的板牆。

「啊！家竟然還在！」

但是，只有板牆！裏面的房屋全被燒毀了。廢墟中，妻妹滿臉烏黑地站在那裏。

「姐夫，孩子們呢？」

「都平安無事。」

「他們在哪裏呢？」

「在學校。」

「我這裏有飯糰子。我一直拚命地走，才帶回來了這些吃的。」

「謝謝！」

「姐夫，打起精神來吧。對了，我們埋在土裏的那些東西，基本都沒有問題。有了那些東西，我們暫時就不會太拮据了。」

「當時再多埋一些就好了！」

「夠了呀。有了那麼多的東西，現在起無論我們投靠到哪裏，都可以理直氣壯的。咱們可是優等生哦。我現在把食物送到學校去，姐夫你就在這裏休息吧。給你，這是飯糰，多吃些。」

一個二十七八歲的女子，竟比我這個年屆四十的男人更加老成持重！

妻妹走後，我這個完全派不上用場的姐夫，從板牆上卸下來一塊板材，鋪在後院的菜地裏，一屁股坐在上面，盤起腿大口地吃起了妻妹留下來的飯糰，除此之外便完全不知所措了。不知道應該說我愚蠢，還是應該說我樂天派，對於一家人今後的安身之計，我完全沒有什麼想法，唯一擔心的就是大女兒的眼疾。從今往後，究竟應該怎樣治療呢？

沒過多久，妻子背著兒子，妻妹拉著女兒的手來到了這片廢墟。

「你是自己走來的？」我問低著頭的女兒。

「嗯。」她點頭應道。

「是嗎，真了不起。能走這麼遠，真不容易呢。我們的

家，都被燒毀了。」

「嗯。」女兒依舊點點頭。

「醫院肯定也被燒毀了，孩子的眼睛今後怎麼辦呢？」我問妻子道。

「今早幫她洗了一下。」

「在哪裏？」

「在學校，醫生來巡診了。」

「是先前的那個醫生？太好了。」

「不是的，就是護士給簡單地處理了一下。」

「哦。」

當天，我們借宿在位於甲府市郊外妻妹的一位學友家裏。我們把從廢墟下面挖出來的食物、鍋具等也一起搬到那裏。我笑著從褲兜裏掏出一塊懷錶，不無得意地顯擺說：「還剩下了這個東西。在桌子上放著，我跑出來的時候順便塞到了口袋裏。」

那是我那位海軍妻弟的懷錶。我借來一直放在我的桌子上用的。

「太好了。」妻妹笑著，「姐夫可是立了大功呢。託您的福，我們家的財產又增加了一個。」

「對吧，」我有點揚揚自得，「沒有錶，終究不方便的。喏，是手錶哦。」說著，我把懷錶放在了女兒的手裏，「放在耳邊聽聽，在滴答滴答地響吧。它還可以給你當玩具呢。」

孩子把錶貼在耳朵上，歪著腦袋一動不動地聽著。但沒多大一會，只聽得「啪嗒」一聲，錶掉到了地上。一聲清脆的響聲過後，錶蒙子的玻璃便裂成了碎片，已經完全沒有修復的可能了。在那種境況下，是不會有賣錶蒙子玻璃的。

「哎呀，完蛋了。」我非常地失望。

「真笨。」妻妹自言自語地低聲嘀咕著，但是她似乎並沒有介意。那個唯一可以稱之為財產的懷錶，瞬間就被毀掉了。我嘆了口氣。

我們在那家人家的院子裏做了飯，傍晚，一家人擠在一間六張榻榻米大小的房間裏，打算早早睡覺。妻子、妻妹雖然都非常累，但是似乎又睡不著，低聲商量著今後的安身之計。

「沒什麼，不用擔心。大家都跟我回我的老家吧。總會有辦法的。」

妻子和妻妹都沉默著。這兩個人對於我的任何意見從來都不信任。她們似乎各自在考慮著其他的事情，一言不發。

　　「看來我還是缺乏信用呀。」我苦笑道，「但是，拜託了，這次就按照我說的做吧。」

　　妻妹在黑暗中竊笑著，似乎在說：「雖然你這麼說，可是怎麼可能呢？」然後，她又開始和妻子悄悄地商量其他的事情。

　　「既然這樣就隨你們便了。」我笑著說道，「你們這麼不信任我，事情就難辦了。」

　　「那當然了，」妻子突然一本正經地說道，「你總是說一些缺乏常識的話，讓人搞不清楚你是認真的，還是開玩笑呢。不信任你也是正常的。即便現在這種情況下，你的腦子裏一定也都只想著喝酒吧。」

　　「怎麼會！沒有那麼嚴重啦。」

　　「但是，即便如此，如果今晚有酒，你還是會喝的吧。」

　　「那，可能會喝吧。」

　　總之，她們兩個人商量的結果是，不能再給這家人

添麻煩了，明天就去找其他的人家。第二天，我們把從地洞裏挖出來的東西裝到大板車上，去了妻妹的另一個朋友家。那戶人家，房子很大，五十歲左右的男主人，看起來是個頗有教養的人。我們借用了靠裏面的一間十張榻榻米大小的房間，醫院也找到了。

從這家的女主人那裏聽說，縣立醫院的建築被燒毀後，便遷到了郊外一個沒有被燒毀的建築物裏。我和妻子隨即各背著一個孩子出發了。我們穿過桑樹林間的小道，走了將近十分鐘，就來到了山腳下那所臨時的醫院。

眼科的醫生是位女醫生。

「我這個女兒的眼睛完全睜不開了，真愁死人了！我們考慮著要回鄉下去，但又擔心長途的火車顛簸會不會造成病情惡化。總之，這個孩子的眼睛不治好，我們哪裏也去不了，真是愁死人了。」我一邊擦著汗，一邊訴說著孩子的病情，試圖能使女醫生的治療仔細一些。

「沒什麼，眼睛很快就會睜開了。」

「是嗎？」

「眼球沒有任何問題。再來醫院四五天，就可以去旅行了。」

「不需要打針什麼的嗎？」妻子從旁插嘴道。

「要打也行。」

「那麼，請一定拜託了！」妻子殷勤地鞠了一躬。

不知道是因為打針起了作用，還是到了自然痊癒的時候，去了那個醫院的第二天下午，女兒的眼睛就睜開了。

我不停地連連稱好，然後立刻帶著她去看了被燒毀的家的廢墟。

「看，房子都被燒毀了吧。」

「啊，被燒了呀。」孩子微笑著說。

「小兔子呀、鞋子，小田桐家、茅野家，都被燒毀了。」

「是嘛，都被燒毀了呀。」她說著，卻依然在微笑。

（新紀元社刊《薄明》昭和二十一年［1946］十二月所收）

十五年

　　經歷了那場戰禍之後，如果是我孤身一人，情況可能會有所不同。可是由於拖家帶口的，走投無路之下只好回到了我的老家 —— 津輕 ❶，一家四口人寄人籬下。

　　我想大多數人都知道，我和老家的家人，一直以來關係都不好。通俗點的說法就是，由於二十多歲時的放蕩不羈，我被驅逐出了家門。

　　經歷了兩次罹難之後，實在無處可去，就給家裏發了一封電報說「拜託了」，然後就厚著臉皮回到了老家。

　　不久之後，戰爭就結束了。我得以穿著便裝和服，帶著五歲的女兒，漫步於故鄉的原野中。

　　這種心情實在是太微妙了。我離開故鄉已經有十五年

---

❶　津輕：位於日本青森縣。

了，而故鄉竟然沒有什麼變化。而且在故鄉的原野中漫步著的我，也仍然還是個地道的津輕人。曾經在東京生活了十五年，竟然一點都沒有變得像個城裏人。我依然是那個粗脖子、木訥的鄉下人。在東京我究竟曾經過著怎樣的生活，一身的土氣居然一點都沒有退去，真是不可思議。

夜裏睡不著，我思考著自己十五年的城市生活，決定藉此機會，再寫一篇回想錄。之所以說「再」寫一篇，是因為五年前我曾以《東京八景》為題，如實地記錄了我在東京的生活。如今又過去了五年，在飽嘗了戰爭的艱辛之後，我覺得僅是那篇《東京八景》，似乎缺了點什麼。這次，我決定轉換方向，以我前面在東京發表過的作品為主軸，描述具有津輕血統的我這個土老帽，曾經經歷過怎樣的都市生活。同時再補充一些《東京八景》之後的戰亂時期的生活，以便充分表達我這土裏土氣的本質。

我在東京最初發表的作品是《魚服記》，一篇十八頁的短篇小說。第二個月又分三次發表了一篇題為《回憶》的小說，都是在同人雜誌《海豹》上發表的。那一年是昭和八年（1933）。我在昭和五年（1930）的春天從弘前高中畢業後，考入了東京帝大的法語科。也就是說，到東京三年

後就發表了小說。而我是從昭和四年（1929）開始寫小說的。關於那個時期，我在《東京八景》裏是這樣記錄的：

> 我這個傻瓜似乎開始一點點醒悟了。寫過一篇遺書，也就是《回憶》的一百頁。現在，這篇《回憶》成了我的處女作。我本希望能毫不修飾地如實記述自己年少時的邪惡。二十四歲那年的秋天，我坐在房間裏，眺望著長滿了野草的、寬敞荒蕪的庭院，臉上完全失去了笑容。我再次做好了死的打算。雖然有點裝腔作勢，但是自我感覺良好。我仍然把人生當作了一場戲，不，是把戲當作了人生。
>
> ……
>
> 但是，人生不是戲。誰都不知道下一幕將是什麼內容。我就是那個以「滅亡」的角色登場，卻直到最終都不退場的男人。本打算作為遺書，記錄下我的青少年時代，告訴人們曾經有過這樣一個卑鄙的少年。而這封所謂的遺書，反而令我異常地牽掛，替我的虛無點燃了一縷燭光，只好繼續苟延殘喘。我無法滿足於僅是一篇《回憶》。既然已經寫了這麼多，那麼就全

部都記錄下來吧。頭腦裏冒出很多想要記錄下來的事情，決心要把迄今為止的生活都全部坦白。首先寫了鎌倉的事件，覺得不滿意，總覺得哪裏有疏漏。又寫了一篇，還是不滿意。嘆口氣，接著再寫一篇。如此一來，一直是逗號的連續，無法畫下句號。我幾乎要被那個永久的、永久的惡魔吞噬。簡直是螳臂當車。

　　轉眼到了昭和八年，我二十五歲了。本應該在這一年的三月畢業的，可我根本連考試都沒有參加。遠在故鄉的兄長們並不知道。雖然他們也認為我這個傢伙竟幹傻事，但還是覺得我終究會大學畢業的吧。他們似乎暗地裏期待著我能有這點最起碼的信用。而我徹底地背叛了他們，根本沒有打算要畢業。欺騙信任自己的人，簡直如同身處瘋狂的地獄。那之後的兩年時間裏，我一直住在那個地獄裏。「明年一定畢業」、「拜託了，再寬恕我一年」，我一次次哭訴著懇求長兄，卻又一次次地背叛諾言。每一年都是同樣的。我在反省、自嘲和恐懼中，專注於自己那一系列任性的遺書，卻根本不想死。一直不斷地期待著下一部作品。歸根結底，這傢伙不過是在裝腔作勢，一種青澀

的感傷罷了。但是，我為了這種感傷可是拚了命的。我把寫好的作品放在大紙袋中，紙袋逐漸變成了三個、四個，作品數量也不斷地增加。我在紙袋上用毛筆寫上了《晚年》，打算作為這一系列作品的標題，意思是「都已經結束了」。

這就是當時我的作品的所謂「內幕」。這些作品在昭和八、九、十、十一年（1933–1936）的四年間全部發表完了。而我主要是在昭和七、八兩年（1932–1933）進行寫作，基本上都是我在二十四和二十五歲期間的作品。那之後的兩三年間，每當有人約稿，我就從那些紙袋中拿出一篇應付，這樣就夠了。

昭和八年，我二十五歲時，在同人雜誌《海豹》的創刊號上發表的十八頁的短篇小說《魚服記》，成為了我作為作家的出發點。小說出乎意外地引起了很大的反響。井伏先生一直都在仔細地幫我修改那土裏土氣的津輕方言。他也感到吃驚，非常不安的對我說：「不可能這麼受好評的，你可不要得意忘形，也許是哪裏搞錯了。」

井伏先生後來一直都提心吊膽地認為也許是哪裏搞錯

了。可能只有這個井伏先生和我津輕老家的兄長一直為我的文章擔心。他們兩個人這一年都是四十八歲，比我年長十一歲。哥哥的頭髮已經都脫落成了光頭，井伏先生也一下子增加了很多白髮，兩個人都是非常嚴厲的人。他們在性格上彼此也有相似的地方，而我就是被這些人培養長大的。如果他們二人去世，我想我是會傷心的。

發表了《魚服記》後，雖然井伏先生一直擔心「也許是有什麼搞錯了」，而我卻以鄉下人特有的厚臉皮，在當年又發表了作品《回憶》，儼然成為了文壇的新人。第二年，其他相當有名氣的文藝雜誌也向我約稿。但是稿費卻是時有時無，即便有也是非常的廉價，一頁也就三十錢或五十錢的樣子。就連和當時交往甚密的學友們去酒屋喝酒的錢都不夠。當時也出版了《晚年》，我的筆名「太宰」已經非常出名了，我卻一點兒也沒有因此而變得更加幸福。回想我迄今為止的一生，曾經略微感到寬裕的時期，是在我三十歲時，經井伏先生做媒娶了現在的妻子，在甲府市郊外租了一間很小的房子，房租是六元五十錢，每個月二百元的版稅都存了起來。那時候每天誰都不見，下午四點左右開始吃著煮豆腐，悠悠地喝著小酒，不用顧慮任何人。

但是，那種生活也只持續了三四個月，可不是永遠都會有二百元的存款的。後來，我又不得不來到東京，投身於頹廢的生活當中。我的半生，就是悶頭喝酒的歷史。

雖然我也一直希望能過上有秩序的生活，沒有酒精和尼古丁，潔淨的身體躺在純白的床單上，但現實中卻總是一名徘徊在街頭巷陌的邋遢的醉漢。為什麼會成為這樣的結果呢？關於這個問題，即便三言兩語加以說明，也沒人會理解。那可能是我們那個年代日本所有的知識分子的問題，就算是把我之前所有的作品都用來解釋，也無法回答清楚。

我一直否定沙龍藝術，厭惡沙龍思想，總之，我不堪忍受沙龍之類的東西。

它是知識的煙花巷，不，煙花巷裏偶爾還會發現真正的寶玉吧。它是知識的偷竊場，不，偷竊場裏也未必沒有真金的戒指。沙龍，幾乎是一無可取的。索性這樣說吧，它是知識的「大本營發表」，它是知識的「戰時日本報紙」。

戰時日本的報紙，整個版面上沒有一篇是可以相信的報道。（但是，我們卻勉強地相信著，做好了一死的打算。就好像雙親即將破產，雖然形勢已經迫在眉睫了，卻還說

著誰都能一眼看穿的辛酸的謊言。此時，孩子能揭露嗎？只能當作是命運的盡頭，默默地共同戰死。）淨是一些不自然的謊言報道，但是，即便如此，每天在報紙的角落，仍然有一處登載著並非謊言的報道，那就是死亡公告。羽左衛門在逃難的地方去世了，這類小小的報道並不是謊言。

沙龍比那些戰時的日本報紙更甚。在那裏，人的生死都是胡說八道。太宰之類的，在沙龍無數次的被告知為死亡，或者改行，或者沒落。

至少我要說，我一直以來都在和沙龍的偽善抗爭。並且，我一直都是邊邊的酒徒，沒有任何沙龍的書架上排列著我的著作。

但是，我這麼生氣地對沙龍說三道四，一定有很多人完全不能理解究竟是怎麼回事。甚至有些一知半解的人可能會質問，在國外，沙龍難道不是文藝的發祥地嗎？這些一知半解的人，就是我所說的沙龍，世間再也沒有比似懂非懂的人更可怕的了。他們僅僅是把十年前學到的定義死記硬背了下來，然後試圖把新的現實硬塞進那個死記硬背的定義中。根本是不可能的，老太太！終究是不合適的。

能夠認識到自己不行的人，僅憑這一點就足以令人尊

敬了。一知半解的人永遠是厚顏無恥的。正是這些人錯誤地報道著誠實的天才，並且，也是這些人給予了庸人偽善的支持。日本到處擠滿了一知半解的人，他們充斥著整個國土。

再懦弱些！偉大的不僅僅是你！什麼學問，把那些東西拋棄了吧！

如愛自己般愛你的鄰人吧。否則，無論如何都是徒勞的。

如果我這樣說，那些沙龍裏一知半解的人們，又會開始所謂思想云云的愚蠢的討論了吧。我一點也不在乎，忍無可忍。

究竟我所說的沙龍是什麼？外國被稱為文藝發祥地的沙龍，與日本的沙龍有哪些根本的差異呢？與皇室或者王室有直接關聯的沙龍，和與企業家或官吏相關聯的沙龍有什麼不同？為什麼說你們這些人的沙龍是耍猴兒？也許在這裏一點點掰開揉碎地說給諸君聽比較好，但是，如果我在此類事情上傾注努力，被你們看上了，很有可能太宰也會被請進沙龍，大有成為無慚或木乃伊之慮。我不會再繼續效勞了。為什麼？因為好人不用說也會明白的。

158

我翻著手中的手冊，那是從戰火中倖存下來的，可以稱為我的創作年表。思緒沉浸在各種各樣的回憶中。從最初在東京發表作品的昭和八年，到昭和二十年（1945）的十二年間，我和那些沙龍的傢伙們是按照完全不同的步調走過來的，因此理所當然地永遠無法和那些人融合。那是昭和二、三年（1927–1928）的時候吧，當時我還是弘前高中的文科生，經常去東京的哥哥（這個哥哥是個體弱的雕刻家，二十七歲就病死了）那裏玩，哥哥常帶我去一間咖啡店，那裏經常有一位故作文雅的白淨的男士，哥哥低聲告訴我，他就是那個嶄露頭角的某某作家。當時我想，多麼輕薄膚淺的男人啊，對所謂藝術家感到深切的厭惡。

　　我對高雅的藝術家產生了疑惑，否定了「美麗的」藝術家。對於我這個鄉下人，實在是覺得那類東西太裝腔作勢了。

　　大家都知道那個喜歡畫海怪的畫家勃克林（Arnold Bocklin）的事情。那個人的畫的確是有點幼稚，絕對不是什麼好作品。但是，他有一幅題為《藝術家》的作品，在大海的孤島上，生長著一棵綠葉繁茂的大樹，有一個骯髒而怪異的怪物，把身體藏在樹蔭下吹著笛子。他把自己骯

髒的身體藏了起來。孤島的岸邊，美麗的人魚們聚集在一起，陶醉在笛聲中。如果她們看到了那個笛聲的主人的樣子，一定會尖叫著昏過去的。因此，藝術家把自己的身體藏起來，只把笛聲傳送了出去。

這裏隱藏著藝術家孤獨而悲慘的宿命，具有藝術的切膚之真實的美和清高。唉，怎麼說呢，也就是藝術本身的存在。

我敢斷言，真正的藝術家是醜陋的。咖啡店裏那裝腔作勢的美男子，是虛假的。知道安徒生的《醜小鴨》吧？在可愛的小鴨子當中，有一隻非常醜的雛鳥，成為大家欺負和嘲笑的靶子。令人意外的是，它竟然是天鵝的雛鳥。偉人的年輕時代，無一例外都是醜陋的，絕不會是迎合沙龍趣味、討喜的東西。

高雅的沙龍是人類最為恐怖的墮落。那麼，首先應該譴責誰呢？是自己，是我，這個稱為什麼太宰治的，莫名其妙、裝腔作勢的男人。生活規律，睡在純白的床單上，的確是好事情（這是無法否定的魅力），但是一旦獨自一人努力獲得了那樣的處境，我會突然像變了個人似的。出入於平日裏曾那樣憎惡著的沙龍，不，何止是出入，說不定

自己開設個簡陋的沙龍，成為那些一知半解的人們的老師呢。總之，我是個軟弱放蕩、虛榮心很強，被人一慫恿就會躍躍欲試，不知道會幹出什麼事的那種男人。

我極度地畏懼那樣的發展。如果我獲得了沙龍般高雅的家庭生活，那一定就是背叛了什麼人，就像一個可惡、膽小的債務人。

我不斷地破壞著自己的家庭生活。即便不是有意識地想要去破壞，它們卻一個接一個地自然崩潰。從昭和五年弘前高中畢業進入大學，從開始居住在東京到現在，我究竟搬了多少次家呢？每次搬家都非比尋常，每次我幾乎都是喪失所有，隻身逃跑，然後再在新的土地上，一點點地湊集日常生活所需。戶塚、本所、鎌倉的病房、五反田、同朋町、和泉町、柏木、新富町、八丁堀、白金三光町。在白金三光町的一個偌大的空屋、偏房的一個房間裏，我寫了《回憶》等。天沼三丁目、天沼一丁目、阿佐谷的病房、經堂的病房、千葉縣船橋、板橋的病房、天沼的公寓、天沼的借宿、甲州御坡嶺、甲府市的借宿、甲府市郊外的家、東京都三鷹町、甲府水門町、甲府新柳町、津輕。

有的地方可能被遺忘了。僅僅這些就已經有過二十五

次的搬家，不，是二十五次的破產。我每年破產兩次，然後再重新出發。並且，完全無法預料我的家庭生活今後會成為什麼樣子。

上面列舉的二十五個地方裏，我最留戀的是千葉縣船橋町的家，在那裏我寫了《虛構的春天》等作品。不得不從那裏搬走的時候，我曾央求，「拜託，再讓我在這個家裏睡一晚」。門口的夾竹桃是我種的，院子裏的梧桐也是我種的，我無法忘記當時傷心地把它們託付給別人時的情景。居住時間最長的是三鷹町下連雀的家，從二戰前就住在那裏，直到今年春天被炸毀，才搬到了甲府市水門町妻子的娘家。然而，搬過去的第三個月，那個家就被燃燒彈燒毀了，又臨時搬到了市郊新柳町的一戶人家那裏。既然難逃一死，那還是回故鄉吧，抱著這樣的想法，帶著兩個孩子回到了津輕的老家。到了這裏的第二週，就聽到了那個廣播 ❶。這些就是目前為止我的放浪生活的大致經過。

我已經三十七歲了，卻又不得不身無一文地重新出發，仍然滿懷著對沙龍思想的厭惡之情。

---

❶ 日本天皇宣佈戰敗的廣播。

翻開這個可以稱為我的創作年表的手冊，可以清楚地看到，我在過去的十幾年間，每一年、每一年，經歷的都是辛酸。正所謂怒濤中的落葉，糟糕至極。在我將近二十歲時，我們幾乎所有的人都參加了那個階級鬥爭，有的人被關進監獄，有的人被學校開除，有的人自殺了。來到東京一看，竟是霓虹燈林立的狀態。所謂黑貓，所謂美人座，當時的銀座、新宿熱鬧非凡，簡直就是絕望的亂舞。大家都喝紅了眼，似乎不狂歡就會吃虧似的。接著就發生了滿洲事變。什麼「五一五」，什麼「二二六」，都是一些無聊的事情。最後終於發展成了支那事變，我們那個年代的人都不得不去參加戰爭。事變一直持續，輿論不停地叫囂著要不要和蔣介石開戰，卻一直沒有結果。後來又變成了與英美為敵，日本的男女老幼都有了孤注一擲的覺悟。

　　那的確是一個糟糕的時代。那期間，什麼愛情問題，什麼信仰問題，什麼藝術，保護自己的旗幟，是極其困難的事情。今後也不會變得輕鬆，這也沒有辦法。如果又回歸十幾年前的時代，就更加沒有意義了。如果成了「戰爭時代還更好呢」的情況，那就太悲慘了。稍不留神就可能成為那種情況呢。趁著混亂大撈一筆這樣的事情，今後還

是算了吧。毫無意義。

　　昭和十七年（1942）、昭和十八年、昭和十九年、昭和二十年，對於我們這代人，真是一個殘酷的時代。我被點名了三次，每次被點名都要接受竹槍突擊的特訓、拂曉動員什麼的，期間抽空發表了一些小說，就有謠言說我被情報局盯上了。昭和十八年發表了《右大臣實朝》，卻被人以愚弄的方式讀成了《猶太人實朝》❶，說是太宰把實朝❷比作猶太人對待什麼的，別有用心地把我說成是賣國賊。也有一些人故意把我當作非國民對待，進行彈劾的卑劣的「忠臣」。我的一篇四十頁的小說剛一發表，就被命令從頭到尾全文刪除；還有一篇二百多頁的小說，根本沒能出版。但是，我沒有停止寫作。既然都這樣了，必須要堅持寫到最後。這已經不是什麼講道理的問題了，而是普通老百姓的志氣。但是我是不打算像某人那樣說什麼「我本不喜歡戰爭」、「我是日本軍閥的敵人」、「我是自由主義者」等等，戰爭剛一結束，突然就開始說東條的壞話，叫囂著什麼戰

---

❶　日語中「右大臣」的發音中的一個發音被更改後，就變成了「猶太人」的發音。

❷　實朝：即源實朝（1192–1219），日本鎌倉幕府第三代征夷大將軍。

爭責任，施展著新型的機會主義，我可沒有這個打算。現在就連社會主義也墮落成沙龍思想了。我仍然無法趕上這個時代的潮流。

戰爭期間我到處宣揚厭惡東條，蔑視希特勒。但是，在這場戰爭中，我是大力支持日本的。雖然我這樣的人就算說是支持，也完全起不到什麼作用，但是我是一直做好了支持的準備的，這一點需要明確說明。這場戰爭從一開始就沒有任何希望，但是，日本發動了戰爭。

我在昭和十四年（1939）寫的一篇未完成的長篇小說《火之鳥》中，曾寫過一段故事。我前面說過：「就好像雙親即將破產，雖然形勢已經迫在眉睫了，卻還說著誰都能一眼看穿的辛酸的謊言。此時，孩子能揭露嗎？只能當作是命運的盡頭，默默地共同戰死。」讀了這段故事就更加可以理解以上說話的意思了。

　　……隔著長方形的火盆，老媽媽像個瓷人兒似的垂眉端坐著，終於開口說道──那個高大的男人是我的獨生兒子。但是我一直深信著他。他父親在七年前去世了，是一個總是炫耀自己的過去、令人同情的

人。他父親的老家是上州的，在他還健康的時候，曾經在前橋經營著一家高級的日本料理店。大臣、師團長、知事等只要是來前橋，一定會來我們家店裏的。那個時候一切都挺好的。我每天也日復一日幹勁十足、不辭勞苦地工作著。可是他父親在五十歲時，卻玩起了投機。那東西一旦行情跌落，可快了。有一天突然就變成了兩手空空的，真的是乾乾淨淨的。可笑的是哦，即便成了那樣，他父親覺得無顏面對大家，卻虛張聲勢地說什麼自己擁有一座山沒有告訴大家。一座可以挖出金子的山，簡直就像個孩子一樣說起了荒唐的謊言。男人真是辛苦呀。就連在常年相伴的妻子面前也不得不虛張聲勢，居然一本正經地給我們講起了那座金山的情況。正因為明知是謊言，聽的人更加的覺得淒慘、可憐，眼淚忍不住地流。他父親察覺到我們沒有認真聽，竟然生氣了，像真的似的拿出地圖拼命地解釋說明，最後終於提出從現在起大家一起去那個山裏。我為難極了。他在街上不管揪住誰，都會說起那座金山的事情，成了大家的笑柄，真是太難為情了。朝太郎當時剛升入東京的大學，我實在沒

辦法，就寫信告訴了朝太郎。那時候的朝太郎真了不起，立刻就從東京趕了回來，假裝非常高興的樣子說：「爸爸，既然您擁有那麼好的山，為什麼一直瞞著我呢。有這麼好的事情，我才不要上學了呢。我不去學校了，把這裏的房子賣掉，我們馬上就去那個山裏找金礦吧。」然後就拉著他父親的手催促他走，還悄悄地把我叫到一邊嚴厲地說：「媽媽，知道嗎，父親已經時日不多了，不能再讓落魄的人丟臉了。」

他這麼一說，我才意識到這個問題，感到慚愧極了。雖然是自己的孩子，我還是感激得恨不能想向他雙掌合十。明知是謊言，我們一家三人還是坐上了火車，再坐馬車，然後行走在雪路上，一路來到了信濃的山裏。現在想起來還是會覺得難過。之後的一年時間，我們住在信濃山中的溫泉旅館裏，那個孩子不論是晴天還是雨天，總是陪著他父親在山裏走，傍晚回到旅店後，還要全神貫注地聽他父親說話。我覺得這不是裝的。他們兩個人一起研究商量，相互鼓勵著「明天一定能找到、明天一定能找到」，然後才睡覺。第二天一大早，又被他父親拽著到處走，聽著各種荒

唐無稽的說明，但是他仍然認真地傾聽，每天回來的時候都已經是筋疲力盡的了。一切的一切，多虧了朝太郎。他父親在山中的旅館，度過了充實的一年，在妻子和孩子面前充分保全了體面，平靜地去世了。是的，就在信濃山中的旅館裏。「我的山可是有希望的。怎麼樣，會翻二十倍的哦。」他自豪地說著，然後就嚥氣了。他的心臟一直不好。那是一個寒風蕭瑟的早晨，好淒慘啊。可是，那個孩子真可靠。之後，我們母子二人來到東京，吃了很多苦。最令我難過的是端著碗去買一塊豆腐時的情景。現在，朝太郎在大家的幫助下，似乎可以寫些東西賺錢了。無論朝太郎做出多麼愚蠢的事情，我都相信這個孩子。一想起以前他曾經那樣地呵護他父親，我就非常感激那個孩子，即使是他殺了人，我仍然信任他。他是一個仁慈的孩子。……

對於那些把此類的思想說成是古舊的人情主義，一笑而置之，並自稱為「擁有科學精神」的人，我永遠都無法與之共事。戰爭期間，我也曾認為，如果這種狼狽樣子日

本都能贏的話，那麼，日本就不是神國，而是魔國了。但是我嘴上仍然說著日本必勝，仍然擁護著日本。而有些人明知道會戰敗，卻只是背地裏悄悄地說著，「會輸的、會輸的」，擺出一副似乎只有自己一個人知道的樣子，也並不怎麼高潔。

雖然我是「擁護日本」的，但是當時的政府卻不信任我。有謠言說我是情報局的危險人物，就沒有出版社向我約稿了。說得庸俗點兒，當時生活費不停地上漲，孩子也在增加，再加上幾乎完全沒有收入，心中無比的不安。當時不僅僅是我，所有的所謂純文藝的文人，都是一副火燒眉毛的樣子。但是其他人大多都有一些書畫古董等財產，變賣掉這些也能救救急，而我沒有任何財產。我也想過在此種情形下，如果我應召出征，那麼家裏人該有多慘呀。不知為什麼，我的徵兵通知書一直沒有來。雖然我並不想信口開河，卻不得不承認這是老天助我也。我就一直堅持寫小說。

除了那些戰爭暴發戶，大家的日子都很苦，所以我也下決心絕口不提自我生活的痛苦，儘量裝出一副快樂的樣子。但是情況實在是太無助了，我曾經給一位前輩寫過這

樣一封信：

敬啟

這封信不是求您幫忙的信，也不是抱怨的信，並且也不是責難誰的信。有一些我連家人都沒有告訴過的事實，至少，我想讓您一個人知道，所以寫了這封信。但是，即便您知道了這些事實，也不需要為我做什麼，我並沒有那樣的期待，僅僅是希望您能知道這些事實。並且，請您讀了這封信後，就默默地銷毀掉吧。拜託了，一定不要告訴別人。

我，目前正在考慮著自殺一事。但是我在忍耐。與其說是因為妻兒太可憐，不如說我無法忍受作為日本國民，我的自殺成為外國的宣傳材料。而且那些去了前線的年輕的友人們，如果聽說了我的自殺，將會是怎樣的心情？想到這些，我只好忍耐著。為什麼除了自殺別無選擇？這個您應該也是知道的。只是，我沒有財產，就比其他人的痛苦更加強烈一些。我今年的收入是 ×× 元，而且目前手頭只剩下了 ×× 元。但是我不打算向任何人借錢。有時夜裏睡不著，我也

想過給故鄉的兄長發一封信，請求他借些錢給我，但是還是放棄了。情況至此，就是為了爭口氣。我打算開開心心地活到我去世的前夜。然後，就是一味地寫小說。但是，我才不會寫謳歌戰爭的小說呢。

就是這些事，我希望您能了解。不知道什麼時候，會有什麼樣的災難降臨到我身上。這封信您不需要回覆，讀完後，請立刻銷毀吧。

當時大概是給那位前輩寫了這樣內容的一封信。就連發發牢騷，都會被當作是賣國賊。想想那真是一個殘酷的時代。

發出那封信之後，大約過了一個月，我在新宿偶遇到那位前輩。我們彼此都沒有作聲，默默地走著。過了一會兒，他開口道：

「你的信，我讀了。」

「是嘛。立刻幫我銷毀了嗎？」

「是呀，銷毀了。」

就說了這些。那位前輩當時似乎比我的情況還要糟糕。

總之，那樣的生活決不能無休止地延續。無論如何要

在窮困的生計中殺出一條血路。

　　我向一間出版社預支了一些旅費，策劃了去津輕的旅行。當時的日本，大家都一心向著南方，所有的關注也都集中在那個方向。我卻正好向著反方向的本州的北端出發了。因為我覺得不知道自己的命運究竟會發生什麼事情，所以應趁著現在，好好看看生我養我的津輕。

　　我是個土生土長的津輕農民。小學、初中、高中都在津輕，在那裏成長了二十年，卻也不過只知道津輕的五六個小城市和鄉村。初中時期的寒暑假，每天都閒待在家裏，隨手翻出兄長們的藏書讀一讀，哪裏都不去。而高中時期的假期開始就去東京，住在做雕刻家的哥哥那裏去玩，基本都不回老家。考上東京的大學後，十幾年間就一直沒有回過故鄉。可以說我對津輕幾乎一無所知。我紮著綁腿，走遍了津輕的角角落落。從蟹田到青森，坐的是小型的蒸汽船，我衣衫襤褸地仰面躺在船艙頂上，小雨淋濕了我的臉頰，但是我仍然一邊嚼著蟹田的特產蟹腳，一邊仰望著陰鬱的天空，那種孤獨難以忘懷。結果，在旅途中我發現了「津輕的憨厚」。

　　是木訥，是拙笨，是缺少文化表達方法的困惑。我從

我自身也感受到了這些。但是與此同時，我也感受到了健康。從這裏，將會產生全新的文化吧（「文化」一詞令我感到厭惡，以前好像是寫作「文花」），將會產生全新的愛情的表達方式吧。我從自己血液中純粹的津輕氣質，感到了自信，然後就回到了東京。也就是說，當我發現津輕沒有文化，因而作為津輕人的我一點都不是文化人，一下子輕鬆了許多。那之後，我的作品似乎發生了一些變化。我發表了長篇遊記小說《津輕》，然後出版了短篇集《新解諸國故事》，然後又以魯迅在日本留學時期的故事為題材寫了長篇小說《惜別》，以及短篇集《童話集》。即便我在當時死去，作為日本的作家，我還是留下了不少的作品的。而其他人並不努力。

那期間，我曾二度遭受戰禍。完成了《童話集》後，我就預支了版稅，我們全家終於回到了老家。

第二次在甲府遭遇災難後，我們一家四口無處可去，就向著津輕出發了。經歷了四個晝夜，好不容易才到了津輕的老家。

路途之艱難簡直難以言表。我們七月二十八日早晨從甲府出發，到了大月附近時警戒警報拉響了，下午兩點半

到了上野車站，立刻排在長隊中，等待了八個小時。本打算乘坐晚上十點十分經奧羽線去青森的列車的，都快排到檢票口時，不湊巧警報拉響了，車站內瞬間變得漆黑，隊列一下子就亂了。在異樣的嘈雜聲中，人們都擁向了檢票口，我們夫妻二人各抱著一個孩子，當然擠不過別人。似乎列車進站的時候就已經滿員，無論從車窗還是其他的任何地方都無法擠進人了。我們呆呆地站在站台上，眼看著列車嘆氣似的拉響汽笛緩緩駛離。那天晚上我們就在檢票口的前面打地鋪休息。直到黎明將至，站台廣播中一直在播放青森方面遭受燃燒彈攻擊的情況，可我們不得不向著青森的方向前進。任何列車都可以，要儘量向北行進。第二天早晨五點十分，我們坐上了去白河的火車，十點半到了白河。在那裏下車後，在站台上等了兩個小時，下午一點半又坐上了去小牛田的火車，是從車窗翻上去的。途中郡山車站被轟炸，晚上九點半才到了小牛田車站，又在車站的檢票口前過了一夜。我們帶了三天的食物，可是由於正值夏日酷暑，飯糰都開始變質，飯粒像納豆似的可以拉絲了，黏糊糊的難以下嚥。在小牛田車站過了一夜，妻子趁著天色微明，把我們帶的一升米拿去和車站附近的人家

換飯糰。終於有一家人家肯換給我們四個很大的飯糰。我咬了一大口飯糰，嘴裏發出嘎的一聲，吐出來一看，是腌梅子，梅子核被我咬碎了。我的牙齒不好，可是竟然把梅子的核咬碎了，真嚇人。

可是，至此我們才走了三分之一的路程。讀者們都會感到不耐煩了吧？那之後我們又經歷了很多悲慘的狀況，我就不贅述了。總之經歷了各種艱辛到達故鄉時，故鄉卻正處在艦載機轟炸的極度混亂的狀態下。

但是，我一直認為能死在故鄉也是幸福的。不久，日本就無條件投降了。

距今已經過去了五個月。期間我寫了一篇報紙連載的長篇小說，還有幾篇短篇小說。我認為短篇小說是有其獨特的技巧的，並不是短的就是短篇。在外國最早起源於薄伽丘（Giovanni Boccaccio）的《十日談》，近代的有梅里美（Prosper Merimee）、莫泊桑（Guy de Maupassant）、都德（Alphonse Daudet）、契訶夫（Anton Chekhov）等等很多很多。而日本很早以前就是此類技巧非常發達的國家，所謂什麼物語的都是此類作品。近代還出現了西鶴（井原西鶴）這樣的大人物，明治時期

的鷗外（森鷗外）寫得也很好，大正時期有直哉（志賀直哉）、善藏（葛西善藏）、龍之介（芥川龍之介）、菊池寬等，深諳短篇小說技巧的人不在少數。昭和初期，井伏（井伏鱒二）先生曾非常出眾，最近都趨於平凡了，都是些頁數少的作品而已。戰爭結束，終於允許寫自己喜歡的東西了，我考慮著要復興短篇小說這種衰退的技巧，就寫了三四篇發給了出版社，可是卻越發覺得鬱悶。

又想喝悶酒發泄一下了。我似乎又目睹了日本文化的進一步的墮落。我總覺得最近的所謂「文化人」叫囂的什麼什麼主義，都帶有沙龍思想的意味。我如果也能裝出一副若無其事的樣子加入其中，或許也可以成為「成功者」吧。但是我這個鄉下人實在是不好意思，我做不到，我無法欺騙自己的感受。那些「主義」已經失去了發明伊始的真實，完全遊離於這個世界的新現實而空轉著。

新現實。

完全新的現實。啊，我要更加大聲地、強烈地說出來！

不可以從中逃離。不可以蒙蔽。非常不易的苦惱。

前幾天有個年輕人來找我，傾訴他缺衣少食的煩惱。

我說：「撒謊。比起缺乏食物，你的煩惱更應該是道德的煩悶吧。」

年輕人點頭承認了。

總覺得目前日本的「新文化」，對我們眼下最顧慮的事情，最負疚的事情，卻避而不談，擦肩而過。

我仍然是完全不了解「文化」這個東西，也許仍然只是一個愚笨的津輕農民。我那穿著雪鞋，走在雪地上的形象，完全就是一個鄉下人。但是今後我正是要憑著這個鄉下人的木訥、愚笨、遲鈍，懷著單純的疑問，堅持到底。目前，如果說自己還有可以倚仗之處，那麼就是「津輕農民」這一點了。

十五年時間，我雖然離開了故鄉，但是故鄉一點兒都沒有變，並且我也一點都沒有變成瀟灑的城裏人，不，更加的土裏土氣了。「沙龍思想」離我越來越遠。

最近，我在給仙台的報紙寫一篇名為《潘多拉的盒子》的長篇小說。下面節選其中的一節，來結束我這噩夢般的十五年時間的回憶。

……可能是因為暴風雨，又或者是因為虛弱的燭

光，那天晚上，我們同室的四個人，圍著越後獅子的蠟燭，久違地進行了一番推心置腹的談話。

「所謂自由主義者，到底是什麼？」活惚不知道什麼原因，壓低了聲音問道。

「在法國，」固潘不知道是不是因為吃夠了英語的苦頭，這次拿出了法國方面的知識，「起初有一群人放蕩不羈，大肆謳歌自由思想，肆意妄為。那是十七世紀，距今三百多年前的事情。」他瞪大眼睛，煞有介事地說著，「這些人當時主要是宣揚宗教自由。」

「什麼，竟是一群放蕩不羈的人。」活惚感到非常意外。

「嗯，差不多吧。他們基本上都過著流浪漢似的生活。著名的戲劇——《大鼻子情聖西哈諾》的詩人西哈諾，他當時也是其中的一員。反抗當局的權力，救助弱者，當時的法國詩人基本上都是這類人。日本江戶時代的所謂俠客，也有類似之處。」

「是這麼回事呀。」活惚忍不住笑了起來，「那麼，幡隨院的長兵衛那些人都是自由主義者了。」

固潘卻絲毫沒有一點笑容：「當然可以這麼說了。

現在的自由主義者的類型略為不同，本來法國十七世紀的流浪者，基本上都是那樣的。花川戶的助六、鼠小僧的次郎吉等，可能都是那樣的吧。」

「原來如此。」活惚開心極了。

越後獅子一邊縫著拖鞋上的破洞，臉上也露出了笑容。

「究其根源，」固潘一本正經地說，「自由思想的本源是反抗精神，也許可以稱為破壞思想。並不是去除了壓制和束縛後而萌芽的思想，而是作為壓制和束縛的反作用力，與其同時產生的具有鬥爭性質的思想。經常舉的一個例子是，有一天，鴿子請求上帝：『我飛翔的時候，空氣總是會妨礙我，使我無法快速地前進。請求您把空氣消除吧。』上帝答應了牠。可是鴿子無論怎樣拍打翅膀，都無法飛起來。也就是說，這個鴿子就是自由思想，因為有了空氣的阻力，鴿子才能飛起來。沒有鬥爭對象的自由主義，正像是在真空管中拍打翅膀的鴿子，完全無法飛翔。」

「不是有個名字相近的男人嗎？」越後獅子停下縫拖鞋的手說道。

「啊，」固潘撓了一下後腦勺，「我不是這個意思。這是康德的例證。我完全不了解現代日本政界的事情。」

「但是多多少少需要知道一些吧。今後，據說年輕人都要有選舉權和被選舉權了。」越後淡定地說道，「可以說自由思想的內容是因時而異的吧。所有為了追求真理而奮鬥的天才們都可以稱為自由思想家。我甚至認為自由思想的始祖是基督。不要煩惱，看空中飛翔的小鳥，不播種、不收穫、不儲藏等，不都是出色的自由思想嗎？我認為西洋的思想，都是以基督精神為基礎的，或稱讚、或淺顯、或懷疑，雖然有各種各樣的學說，但是終究是與《聖經》相關聯的。即便是科學也不是無關的。科學的基礎的形成，無論是物理界，還是化學界，所有的都是假說，由肉眼無法看到的假說出發。從信奉這個假說起步，產生了所有的科學。日本人在研究西洋的哲學、科學之前，必須應該先研究《聖經》。雖然我不是基督徒，但是我認為正是因為日本連《聖經》都不研究，僅僅學習西洋文明的表象，才是造成日本敗北的真正原因。無論自由思想還是其他，如果不了解基督精神，連一半都無法理解。」

......

　　十年如一日不變的政治思想不過是迷夢。基督也說了不要發誓，不要思考明天的事情，這不正是自由思想的先驅嗎？狐狸有洞穴，小鳥有其巢，而人類的孩子沒有枕頭，不也是自由思想家的嘆息嗎？不允許有一天的滿足。其主張日日更新，並且每日必須是最新的。在當今的日本，咒罵昨日的軍閥官僚，已經不是自由思想了。這才是真空管中的鴿子。真正有勇氣的自由思想家，必須應該有在當下吶喊的事情。當下應該是「天皇萬歲！」這個吶喊。昨日以前是過時的，不僅過時，而且是欺騙。但是，今日這才是最新的自由思想。十年前的自由，與今日的自由的內容是不同的。這已經不是什麼神秘主義，是人類本真的愛。聽說美國是自由的國度，一定會承認日本這一真正的自由的吶喊。......

　　　　　　　（《文化展望》昭和二十一年［1946］四月號）

聖誕快樂

「東京呈現出一片感傷的活力」，我以為會這樣寫下文章的開頭。懷著這樣的想像回到了東京，可是映入我眼簾的，竟然像是什麼都不曾發生過似的、一成不變的「東京生活」。

此前，我在津輕的老家生活了一年零三個月，今年十一月帶著妻子和兒女又來到了東京。環顧周圍的環境，就好像我們經歷了兩三週的短期旅行後返回時的那種感覺。

「久違的東京，既不好也不壞。這個城市的個性一點兒變化都沒有。當然會有一些形而下的變化，可是關於形而上的氣質，這個城市一點兒都沒有變。一種不可救藥的感覺。其實可以稍微有點兒變化的，不，本應該有點變化的。」我給鄉下友人的信中這樣寫道。並且，我仍然一成不變地穿著久留米蠟染面料的和服便裝，茫然地徘徊在東

京的街道上。

十二月初，我走進東京郊外的一個電影院（應該說是活動室更貼切，一間小巧而簡陋的房子），看了美國的電影，從裏面出來的時候已經是下午六點左右了，東京的街道上彌漫著白色煙霧似的晚霧，霧氣中身著黑衣的人們往來匆匆，街頭巷陌充斥著年末的忙碌氣氛。東京的生活還是一點兒都沒有變。

我走進一間書店，買了一本著名的猶太人的戲曲集，揣入懷中，瞟了一眼入口處，有個年輕的女子正站在那裏看著我，樣子就像是小鳥即將起飛前的一瞬間。嘴巴微張，沒有說話。

是吉是凶？

曾經有個女人糾纏我，可現在我一點都不喜歡她。如果碰到那個女人是最大的凶，而且我有很多那樣的女人。不，應該說我所遇到的淨是那樣的女人。

新宿的那個……如果是那個人就糟了。是她嗎？

「笠井先生。」那個女人小聲說出了我的名字，並向我微微地鞠了一躬。

她戴著綠色的帽子，帽子的帶子綁在下巴處，穿著大

紅色的雨衣。眼前的她，眼看著越來越年輕，幾乎變成了十二三歲的少女，與我記憶中的某個影像完全重合。

「靜惠子。」

吉兆也。

「出去說，出去說。你是不是要買什麼書？」

「我是來買《有可能》這本書的。算了，不買了。」

我們行走在十二月東京的街道上。

「你長大了。我都沒認出來。」

不愧是東京。竟然會發生這樣的事情。

我在小店裏買了兩袋十元一袋的花生，然後收起錢包，略微想了一下，又拿出錢包，再買了一袋。以前我總是會給這個孩子買禮物，帶著禮物去她母親那裏玩。

她母親和我同歲。並且，在我記憶的女人當中，她是為數不多的，不，應該說是唯一一位，即便是偶然相遇，也不會讓我感到恐懼和為難的女人。為什麼這麼說呢，在此我試著列舉四個答案。她是所謂的貴族出身，貌美卻體弱多病。僅憑這個條件，可以說她可能只是裝腔作勢、惹人嫌罷了，不可能有「唯一」的資格的。她離開了富有的丈夫，非常落魄，僅靠著微薄的財產，與女兒兩個人住在公寓裏。加

上這些說明，也不能成為「唯一」的理由。我對於女人的身世一點都沒有興趣，事實上我完全不了解她與富有的丈夫分開的理由，以及微薄的財產都有什麼等等，就算是問了也會忘記的。也許是因為我一直被女人嘲笑，所以不管聽到女人多麼不幸的身世，都會覺得是不可信的謊言，一滴眼淚也流不出來。也就是說，我並不是因為她出身好、美女、落魄、可憐等，即所謂的一些浪漫的條件而把她選為「唯一」的。答案是以下四項。第一，她愛乾淨。外出回家一定要在玄關洗乾淨手和腳才進房間。雖說是落魄了，但是仍然住在兩室的公寓裏。總是把角角落落都擦拭得乾乾淨淨的，特別是廚房的器具都非常的清潔。第二，她一點兒都不戀慕我，而我也一點兒都不迷戀她。有關性欲的那些令人厭惡的驚慌失措，棘手的體諒呀、自以為是、引誘、單戀等等，十年如一日，不，千年如一日的陳腐的男女之間的較量，我們之間都不需要。依我所見，她仍然愛著她的丈夫，並且在內心深處以作為她丈夫的妻子而自豪。第三，她對我的境遇很敏感。當我對世間萬事感到乏味，忍無可忍的時候，她就會說你最近很激進嘛之類的話，令我感到自己很無趣。每次我去她家玩的時候，她總是能說出一些話完全吻合我的境遇。她

甚至說過，任何時代如果說了真話都要被殺頭的吧，約翰也好、基督也好，約翰連復活的機會都沒有等等這樣的話。有關健在的日本的作家，她是絕口不提的。第四，這一點可能是最重要的，她的公寓裏總是有很多酒。我從不覺得自己吝嗇，但是當我在所有的酒家都賒了賬，感到鬱悶的時候，腳步就會不由自主地朝著可以喝免費酒的地方走去。由於戰爭長時間的延續，日本的酒越來越匱乏了，可是只要來到她的公寓，一定會有酒喝的。我會給她女兒帶一些小東西作為禮物，然後一直喝到酩酊大醉。以上四點就是為什麼對於我來說那個人是「唯一」的問題的答案。如果有人說，那就是你們兩人之間的一種戀愛方式，那麼我也就只能傻傻地回答是的。如果把男女之間的親睦都當作是戀愛的話，那麼我們之間也許可以算是。但是我從來沒有因為她有過一次苦惱，而且，她也討厭那些做戲般的繁瑣之事。

「你媽媽呢？沒什麼變化吧？」

「嗯。」

「沒有生病吧？」

「嗯。」

「還是和靜惠子你兩個人一起生活？」

「嗯。」

「你家呢？近嗎？」

「嗯，但是在非常髒亂的地方。」

「沒關係，那麼我們這就去你家吧。然後把你媽媽叫出來，一起在附近的餐館暢飲一通。」

「好吧。」

女孩子好像越來越沒精神了。並且，逐漸地越來越像大人。這個孩子是她母親十八歲時生的，她母親和我同歲，今年三十八，如此算來……

我開始自我陶醉。她一定是在嫉妒她母親吧。我轉了話題。

「《有可能》？」

「真是不可思議，」出乎意料的，她忽然變得開朗起來，「我剛上女子中學的時候，笠井先生來我們家玩，那是個夏天，您和母親的談話中總是提到有可能、有可能這個詞，雖然當時我不理解是怎麼回事，可是總也無法忘記。」她好像覺得話題有點無聊，語氣忽然變輕，然後就不說話了。又走了一會兒，她下決心似的說道：「原來那是一本書的名字。」

我更加自我陶醉了。的確，我從不曾戀慕過她的母

親，也從不曾從她母親那裏感到過女性的魅力，但是，和這個女孩子，或許……

她母親雖然落魄了，但是仍然是那種沒有美食就無法生存的性格，所以在與英美開戰之前，早早地就帶著女兒疏散到廣島一帶有美食的地方去了。她們剛到那裏不久時，我還收到過她母親寄來的明信片。但是當時我的生活非常艱苦，根本沒有心情給那些疏散到外地悠閒自得的人們回信。後來我的環境不斷地發生變化，有五年的時間和她們母女斷了音信。

而今晚時隔五年後，意外地與我重逢，母親的喜悅之情和女兒的喜悅之情哪個會更強烈呢？不知為什麼，我會覺得這個孩子的喜悅之情要比她母親的更加純粹而深厚。如果是那樣的話，我也要從現在開始明確自己的心之所屬。母親和孩子對半分是不可能的。從今晚開始，我要背棄她母親，與這個孩子站在一起。即便是她母親露出厭惡的神情也沒有關係，因為我，戀愛了。

「你們是什麼時候來到這裏的？」我問道。

「十月，去年。」

「怎麼回事，那不是戰爭剛結束的時候嘛。不過，靜

惠子母親那樣任性的人，的確是無法長期忍受鄉下的生活的。」

為了討得女兒的歡心，我以一種玩世不恭的語氣，說著她母親的壞話。女人之間，不，人與人之間，即便是父母和子女之間，也是會相互競爭的。

但是，女孩子並沒有笑。似乎無論是貶低，還是稱讚，提到她母親是禁忌的。「這是嚴重的嫉妒。」我獨自思忖道。

「我們能碰到可真不容易呢。」我立刻轉了話題，「就好像我們約好了時間在那個書店碰面似的。」

「真的呀。」這次她輕易地就被我的感慨征服了。

我有點得意，又說：

「就好像我剛好看完電影，為了打發時間，比約定時間提前了五分鐘進了那個書店 …… 」

「看電影？」

「是的，偶爾看。是走鋼絲的雜技演員的電影。演員扮演演員，非常精彩。無論演技多麼差的演員，一旦扮演演員，就讓人覺得演技相當高明。因為其本身就是演員，演員的悲哀，無意識當中就流露出來了。」

戀人之間的話題，似乎僅限於電影。但再合適不過了。

「那個電影，我也看過。」

「剛一見面，波浪嘩的湧入兩個人之間，然後就又分開了。那一段非常精彩。因為那樣的原因，兩個人永遠分離，這樣的事情，在人生中是存在的呢。」

如果不能如此輕鬆地說出此類甜言蜜語，是無法成為年輕人的戀人的。

「如果我早一分鐘從那個書店裏出來，然後你再進去的話，我們就永遠的、至少十年之內是不可能碰到的了。」

我力圖將今晚的邂逅煽動得更加浪漫。

道路很狹窄，而且有點濕滑，我們兩個人無法並排行走。女孩子在前面走，我雙手插在口袋裏跟在她後面。

「還有半丁，還是一丁？」我問道。

「我不知道一丁是多遠的距離。」

其實我也一樣，不擅長距離的估算。但是對於戀愛，愚笨是禁忌的。我像科學家一樣一本正經地說：「有沒有一百米？」

「不知道。」

「一米的感覺應該知道吧。一百米就是半丁。」我告訴

給她，又覺得有點不對勁，暗自算了一下，一百米應該是一丁，但是我沒有更正。對於戀愛，滑稽感也是禁忌的。

「不過，馬上就到了，就在那裏。」

那是一座臨時搭建的板式公寓。穿過幽暗的走廊，左邊第五間還是第六間的門口，寫著貴族的姓氏「陣場」。

「陣場。」我對著屋裏大聲叫道。

好像聽到屋裏有人答應，然後磨砂玻璃上似乎有人影晃動。

「啊，在呢，在呢。」我說道。

女孩子僵在那裏，臉上失去了血色，下唇痛苦地扭曲著，突然哭了起來。

她母親在廣島的空襲中去世了。據說臨終前迷迷糊糊地提到了「笠井」—— 我的名字。

女孩子獨自一人回到東京，在她母親的親戚，一名進步黨議員的法律事務所裏工作。

我們見面後，她一直找不到合適的機會告訴我有關她母親去世的消息，不知道該怎麼辦，猶豫之中就把我帶到了這裏。

當我提到她母親，靜惠子突然變得消沉也正是因為

此。既不是嫉妒，也並非愛戀。

我們沒有進屋，直接原路返回，來到了車站附近一處比較熱鬧的地方。

她母親曾經很喜歡吃鰻魚。

我們鑽進門簾，走進了一間賣鰻魚的店舖。

「歡迎光臨。」

站著吃的客人只有我們兩人，裏間有一位紳士坐在那裏喝酒。

「要大串的，還是小串的？」

「小串的，三份。」

「好嘞，知道了。」

年輕的小老闆，看著挺像東京人的。啪嗒啪嗒地扇著煤爐。

「盤子，三個人分開放。」

「好嘞，還有一位呢？稍後來嗎？」

「這裏不是有三個人嗎？」我一本正經地說道。

「嗯？」

「她和我之間，不是還有一位看著很愛操心的美女嘛。」這次我微笑著說。

年輕的小老闆，不知道該怎麼理解我的話。「啊，搞不懂。」他笑著說道，把一隻手放在了頭巾打結的位置。

　　「有嗎？」我用左手做出喝酒的姿勢。

　　「有最上等的。不過，可能不算太好。」

　　「來三杯。」我說。

　　小串用的三個碟子擺在了我們面前。我們沒動正中間的碟子，用筷子撿起了邊上兩個碟子裏的鰻魚。隨後三個倒滿酒的酒杯也擺在了我們面前。

　　我端起杯子一口喝了下去。「也幫她乾了吧。」我用只有靜惠子可以聽到的微小的聲音說道，然後端起她母親的酒杯一口氣喝了下去，從懷裏掏出剛才買的三袋花生。「今天晚上我會多喝點兒，你就嚼著花生陪陪我吧。」我仍然小聲地說道。

　　靜惠子點了點頭，然後我們就什麼都沒說。

　　我默默地喝了四五杯酒，坐在裏面的紳士和鰻魚店的老闆大聲喧嘩著，說著一些無聊、乏味、沒有品位的笑話，他本人最開心，店老闆也附和著他笑著，說著什麼：「蘋果很可愛，心情可以理解，哈哈哈，那個傢伙很聰明，居然說東京車站是他家，真佩服他。我說我的小妾家是圓

樓，這次他吃不消了……」他不停地說著一些完全無趣，也不可笑的笑話。我對於日本醉漢的幽默感的缺失，感到索然。不管那位紳士和店老闆怎樣開心地笑，我仍然無動於衷地喝著酒，茫然地注視著從我們身邊路過的，在臘月裏穿梭的人群。

紳士突然注意到我的視線，也和我一樣望著攤位外面的人流，冷不丁地大聲喊道：「哈囉，聖誕快樂！」原來有美國士兵路過。

沒有什麼特殊的原因，我卻不由地對紳士的這種詼諧笑了出來。

被他叫住的士兵，露出一副豈有此理的表情搖了搖頭，大踏步地走遠了。

「把這個鰻魚也吃掉吧。」

我用筷子撿起中間盤子裏剩下的鰻魚。

「唉。」

「一人一半。」

東京還是老樣子。和過去相比一點兒都沒變。

（《中央公論》昭和二十二年〔1947〕一月號）

款待夫人

　　我家夫人本來就喜歡招待客人，請人吃飯。不過，
與其說我家夫人喜歡客人，不如說她畏懼客人。一般情況
下，門鈴一響，首先我出去應答，然後去夫人的房間通告
來客的姓名。每當這時，夫人就像是小鳥聽到了鷙鷹展翅
似的，表情異常的緊張，兩手抓起兩鬢的頭髮，扶正了領
子，起身半立，還沒等我把話說完，就站起來一路小跑著
穿過走廊，來到門口，發出似哭似笑、笛音似的不可思議
的聲音迎接客人。然後就像錯亂了似的，目光驚恐，在客
廳與廚房之間奔跑著，一會兒碰翻了鍋，一會兒打碎了盤
子，同時，「對不起，對不起」，嘴裏不停地向我這個女傭
道著歉。等客人走後，就一個人呆滯地癱坐在客廳裏，也
不收拾，什麼都不做，有時候眼裏還含著淚水。

　　聽說這家的男主人是本鄉的大學老師，出身於富有

的家庭，再加上夫人的娘家也是福島縣的富農，可能也是因為沒有小孩，夫婦二人都有著孩童般不知勞苦的悠然之處。我是四年前來到這家人家幫忙的，當時還是戰爭期間，半年後，本就身體瘦弱的男主人，卻應徵入伍，作為第二國民兵，不巧被派到了南洋的島嶼。不久後戰爭結束了，卻一直沒有他的消息。當時的部隊長官給夫人發來了一張明信片，只是簡單地說：「也許只能請您節哀了。」從那以後，夫人對客人們的接待就越發瘋狂，令人不忍目睹。

　　那個笹島先生出現之前，夫人的交往還僅限於男主人的親戚、夫人的親戚等。男主人去了南洋的島嶼後，由於夫人的娘家寄來了充足的生活費，生活還是比較輕鬆、平靜的，過著所謂優雅的生活。自從笹島先生那些人出現後，一切就變得一塌糊塗。

　　我們所在的這片土地雖然是東京的郊外，但是距離市中心比較近，又倖免於戰禍，所以從市中心逃難過來的人們，就像洪水似的湧入這裏。走在商店街上，來往行人的面孔完全變了樣。

　　好像是去年年末吧，時隔十年，夫人與男主人的朋友笹島先生在市場裏相遇，帶到了家裏來，從此就遭殃了。

笹島先生與男主人同樣都是四十歲左右，聽說也在男主人曾經工作過的大學裏當老師，只不過男主人是文學專業，而笹島先生是醫學專業，並且兩人還是中學時代的同級生。另外，現在的這個房子蓋好之前，曾有很短一段時期，男主人與夫人一起住在駒込 ❶ 的公寓裏，當時笹島先生獨身一人住在同一公寓中，所以那段期間交往甚密。自從男主人他們搬到這裏後，由於研究的專業完全不同，彼此就再也沒有去過對方家裏，之後就斷了交往。那之後過了十年，偶然地，他在這裏的市場上發現了夫人，並叫住了她。如果當時，夫人僅僅跟他寒暄兩句離開也就好了，唉，真要是這樣就好了。可是她卻發揮出款待的天性，「我家就在不遠處，來吧，別客氣」，其實內心並不想挽留客人，卻因為畏懼客人，反而更加熱情地拚命挽留。於是笹島先生就穿著和式大衣，挎著購物籃，一副很奇怪的形象來到了這個家。

「好漂亮的房子，能夠躲過戰禍，實在是太幸運了。沒有人同住的嗎？真是太奢侈了。不過，家中都是女眷，而

---

❶　駒込：位於日本東京都豐島區北部。

且打掃得這麼乾淨，反而讓人難以啟齒呢。即便是可以同住，也會覺得拘束吧。真沒想到夫人住得居然這麼近。我曾經聽說過你們家在 M 町，可是人就是這麼糊塗，我逃到這裏都快一年了，完全沒有注意到你們家的門牌。我經常從你家門前經過的，去市場買東西時的必經之路。這次的戰爭我也非常悲慘，剛結婚不久就應徵入伍，好不容易回來了，房子卻被燒得一乾二淨。妻子帶著我入伍期間生下的兒子一起去千葉縣的娘家避難了。雖然我也想把他們叫回東京，可是連住的地方都沒有。就因為這種現狀，沒辦法，我只好一個人在那家雜貨店裏面借了一間三張榻榻米大小的房間，獨自一人生活。今晚本想做個雞肉火鍋喝上一頓的，所以就拿著這樣的購物籃去市場上溜達。沒辦法呀，到了這個份上，連自己是死是活都搞不清楚了。」

他在客廳裏盤著腿，自顧自地述說自己的情況。

「真是可憐。」夫人說著，就開起了那興奮的款待按鈕，眼神也變了，一路小跑到廚房。「小梅，不好意思。」向我道歉後，就吩咐我準備雞肉火鍋和酒，然後又轉身飛奔到客廳，突然又跑回廚房，忙著生火、拿出茶具等等，雖然每次都是這樣，但是她的那種興奮、緊張和驚慌的程

度，令人超越了同情，甚至感到一絲反感。

笹島先生也厚著臉皮大聲說：「啊，雞肉火鍋呀。不好意思夫人，我每次吃雞肉火鍋，一定要放蒟蒻粉條的，拜託了。如果有烤豆腐就更好了。只放蔥的話，味道有點欠缺。」夫人還沒等他說完，就匆匆地跑到廚房。「小梅，對不起」，用一種像是害羞，又像是哭泣的嬰兒似的表情拜託我。

笹島先生覺得用酒盅喝酒太麻煩，改用杯子大口大口地喝，還醉醺醺地說道：「是嘛，你家先生也是生死不明呀。這種情況十之八九都是戰死了。沒辦法，夫人，不幸的人不止是你一個人。」他就這麼簡單地總結了這個事情，然後又說起他自己的事情：「我呀，夫人，我連家都沒有了，與最愛的妻子和孩子分居兩地，家具、衣服、墊子、蚊帳都被燒光了，什麼都沒有留下來。我啊，夫人，我在那家雜貨店裏租那間三張榻榻米大小的房間之前，可是暫住在大學醫院的走廊裏的。比起患者，醫生的境遇更加的悲慘。夫人，您已經算是好的了。」

「唉，是的。」夫人忙著點頭，「我也這樣認為。的確，比起大家，我簡直是過於幸福了。」

「是的，是的。下次我會帶我的朋友來的，大家都是不幸的人。到時候就拜託您了。」

夫人更加開心地呵呵一笑，然後平靜地說：「那，實在是太榮幸了。」

從那一天起，我們家就亂了套了。

他根本不是酒後的戲言，過了四五天，竟然真的厚著臉皮帶來了三個朋友。「今天是醫院的尾牙聚會，今晚就在你家舉行二次會。夫人，咱們通宵暢飲吧。近來正發愁沒有適合舉行二次會的人家呢。大家，快進來，快進來，在這裏完全不需要客氣的。客廳在這裏，穿著外套就好了，太冷了，真受不了。」就像是在他自己家似的，大聲喧嘩著招呼大家。他同來的朋友中有一個女人，好像是護士，在眾人面前毫不避諱地和他打情罵俏，然後像對傭人似的呼喝著戰戰兢兢卻強顏歡笑的夫人。

「夫人，不好意思，把這個被爐裏點上火呀。然後，像上次那樣，請準備些酒。如果沒有清酒，燒酒或者威士忌也可以。還有，吃的東西。啊，對了對了，今晚給夫人帶來了非常棒的禮物 —— 烤鰻魚。在寒冷的季節裏這可是好東西。一份給夫人，一份我們吃。還有，有人帶了蘋果，

對吧，別吝嗇，都交給夫人。這是一種叫做『印度』的品種，一種香氣非常濃郁的蘋果。」

我端著茶來到客廳，不知從誰的口袋裏滾出來一個小蘋果，剛好滾到了我的腳下，我真恨不得一腳踢開那個蘋果。只有一個，卻厚顏無恥地吹牛說是禮物。後來我也看了鰻魚，薄薄的已經半乾了，就像是鰻魚乾，慘不忍睹。

那天他們一直折騰到快天亮。夫人也硬被他們灌了酒，天方見白時，又把被爐放在中間，大家一起擠著睡，還要求夫人和他們一起擠著睡。夫人肯定一點兒都沒有睡著。其他的那伙人，一直酣睡到過午，醒來後又吃了茶泡飯，才算是酒醒了。似乎有點沮喪，再加上我故意露骨地做出生氣的樣子給他們看，大家都避開我，終於一個個像是失去了生氣、變質的臭魚似的回去了。

「夫人，您為什麼要和那樣的人一起擠著睡呢？我討厭那種沒規矩的事情。」

「對不起呀，我無法說不願意。」夫人因睡眠不足，臉色蒼白而疲憊，似乎眼淚都快要掉下來了，聽她這麼說，我也就什麼都說不出了。

逐漸的，狼的來襲越演越甚，這個家都成了笹島先生

和他朋友們的宿舍了。笹島先生不來的時候，他的朋友們也會來留宿，每次都要求夫人和他們一起擠著睡，而只有夫人完全睡不著。本來身體不是很健康，終於，在沒有客人來的時候，她就總是在睡覺了。

「夫人，您似乎很疲憊。不要總是陪那些客人了。」

「對不起呀，可我做不到。大家都是不幸的人，來我家玩是他們唯一的樂趣呢。」

簡直太荒唐了。夫人的經濟狀況也變得非常拮据，這樣下去，似乎不出半年就得賣房子了。情況都這麼嚴峻了，她在客人面前卻絲毫也不顯露。而且她的身體也每況愈下。可是只要有客人來，她就立刻起身，迅速地打扮整齊，小跑著來到門口，發出似哭似笑、不可思議的愉悅的聲音迎接客人。

那是一個早春的夜晚，又來了一組喝醉了的客人，總歸又是通宵了。「趁現在我們趕緊吃點東西墊墊肚子吧。」我勸夫人。兩個人站在廚房，吃著代用食品的麵包。夫人總是把好吃的留給客人，自己一個人卻總是吃代用食品湊合。

這時，從客廳裏傳來酒醉的客人們粗俗的笑聲，大家

哄堂大笑：「不、不，不是那樣的。我的確認為你倆有點可疑。那位大嫂對你⋯⋯」他們用不堪入耳的、失禮的醫學用語說著那些污穢的事情。

突然，年輕的今井先生的聲音回答道：「你說什麼呢，我可不是因為愛情才來這裏玩的。這裏僅僅是旅店。」

我生氣地抬起頭。

昏暗的燈光下，夫人沉默地低頭吃著麵包，眼裏閃著淚光。我實在是覺得她太可憐了，一時語塞。夫人低著頭平靜地說：「小梅，對不起啊。明天早晨，準備好洗澡水，今井先生喜歡早晨泡澡。」

然而，夫人在我面前表現出委屈的神情，只有那麼一瞬間，然後就像是什麼都沒有發生過似的，在客人面前燦爛地賠著笑臉，瘋狂地奔走於客廳和廚房之間。

雖然我非常明白夫人的身體是每況愈下，可是她在客人面前卻絲毫沒有露出疲憊的神態。那些客人們雖然都是了不起的醫生，但是卻沒有一個人發現夫人的不適。

一個寂靜的春天的早晨，幸好那天早晨一個客人都沒有。我正在井邊悠閒地洗著衣服，夫人光著腳晃晃悠悠地來到院子裏，蹲在開著棣棠花的牆邊，吐了很多血。我大

喊著從井邊跑過去，從後面抱住她，把她架到了房間裏，讓她躺了下來。然後我哭著對夫人說：「所以嘛，就因為這樣，我最討厭那些客人們了，把您弄成了這個樣子。那些人都是醫生，一定要讓他們把您的身體醫好，否則我可饒不了他們。」

「不可以的。這種事情如果跟客人們說，客人們會感到負疚而沮喪的。」

「可是，您的身體成了這個樣子，夫人，今後您打算怎麼辦呢？難道還是要起來接待那些客人嗎？和大家擠著一起睡覺的時候，如果吐血了，可就出大醜了。」

夫人閉著眼睛，考慮了一會兒：「我回一趟娘家。小梅你就留在這裏，以便於客人們來留宿。他們都是一些無家可歸的人。還有呢，不要告訴他們我生病的事情。」她微笑著說道。

趁著客人們沒有來，我當天就開始準備行李。我覺得我也應該一起陪著夫人回她老家福島，所以就買了兩張票。第三天，夫人的身體也好了很多，趁著客人不在，我像要逃跑似的催促著夫人，關好防雨窗，關上房門。剛走出大門，天吶，雖然是大白天，笹島先生卻醉醺醺地帶著

兩個看上去像是護士的年輕女子：「哦，你們這是要出門嗎？」

「沒事兒，沒關係的。小梅，麻煩你打開客廳的防雨窗。先生，請進。沒關係的。」

夫人發出似哭似笑的奇特的聲音，向隨行的年輕女子們打著招呼，然後就像小白鼠似的開始了瘋狂的接待。我被派去買東西，臨行，夫人慌忙把她旅行用的手袋交給了我。到了市場，打開手袋準備付錢的時候，我吃驚地發現夫人的車票已經被撕成了兩半。一定是在門口遇到笹島先生的那一瞬間，夫人悄悄地撕壞的。詫異於夫人那深不可測的善良的同時，我有生以來第一次意識到人類所具有、與其他動物完全不同的可貴的一面。我也從腰帶中取出我的車票，輕輕地撕成了兩半，然後繼續在市場中物色有什麼可以招待客人的食品。

（《光》昭和二十三年 ［1948］ 一月號）

清晨

　　我一貫嗜玩成性。即便是在家工作，內心卻總是暗自惦記著有朋自遠方來的狀態。每當玄關的門「嘩啦」一聲被拉開，我雖然表面上皺著眉頭、歪著嘴巴一副無可奈何的樣子，可內心卻是激動萬分，立刻收拾好寫到一半的稿紙，去迎接客人。

　　「啊，你正在工作呀。」

　　「沒事兒，沒事兒。」

　　然後就和客人一起出去玩了。

　　然而，如此一來工作總是無法按計劃進行，於是就在某秘密地點設了一間工作室，連家裏人都沒有告訴在哪裏。每天早晨九點左右，我讓內人做好便當，帶著去工作室上班。如此一來，就不會有人來秘密工作室打擾，我的工作基本也可以按照原定計劃完成。但是，每到下午三點

左右倦意來襲，差不多也想找人玩玩了，就結束工作回家。回家途中，有時候會被小酒屋等羈絆，到家已是半夜。

工作室。

那是一個女人的房間。那位年輕的女子，清晨一大早就去日本橋的一家銀行上班。她走後我才過去，在那裏工作四五個小時，並趕在那個女子從銀行回來之前離開。

她並不是我的情人。我認識她的母親，她母親由於某種緣由和女兒分開，現在在東北那邊生活，而且偶爾會寫信給我，有關她女兒的婚事徵求一些我的意見。我也會見見候選人的青年，回信告訴她，「那個人應該是個好女婿，我贊成」等等，說著一些久經世故的話。

但是，最近我漸漸地認為，目前女兒似乎比母親更加的信賴我。

「小菊，前幾天我碰到你未來的丈夫了。」

「是嗎？怎麼樣？有一點點裝腔作勢吧。」

「嗯，還好了。當然和我比起來，任何男人都會顯得傻乎乎的。忍耐點吧。」

「是呀。」

姑娘是打算和那個青年結婚的。

我昨晚喝多了。每天晚上都會喝多，這並不足為奇。那天從工作室回家的路上，在車站遇到了一位久違的朋友，就邀請他一起去了我常去的一家小酒屋暢飲一番。差不多覺得有點喝多的時候，出版社的編輯又帶著威士忌出現了：「估計您就在這裏呢。」我又和編輯把一瓶威士忌喝光了。我覺得自己可能要吐了，擔心不知道會成什麼樣子，感到非常恐懼，決定就此收手。可是那個朋友又提出要換個地方他來請客，我們就又乘上電車，被他拉到了他常去的小飯館，在那裏又喝了清酒。等到和那個朋友，還有編輯兩個人分手的時候，我已經醉得走不動了。

　　「讓我待一晚上。根本無法走回家了。我就這樣睡了。拜託了。」我把腳伸進被爐，穿著和服大衣就睡了。

　　半夜，一片漆黑中我忽然醒了。有幾秒鐘我以為自己睡在家裏。稍微動了動腳，發現自己穿著短布襪就睡了，心裏一驚。糟了！這怎麼行！

　　這樣的經歷，我曾經反覆過幾百遍、幾千遍。

　　我暗自叫苦。

　　「您不冷嗎？」小菊在黑暗中問道。

　　她似乎是和我成直角，把腳伸在被爐裏睡著的。

「不，不冷。」

我直起上半身，「從窗戶小便可以嗎？」

「沒關係，那樣比較簡單。」

「小菊時不時也這樣吧。」

我站起來撳了一下電燈的開關。燈沒有亮。

「停電了。」小菊輕聲說道。

我摸索著慢慢地往窗邊走，絆到了小菊。小菊一動不動。

「這可不行。」我自言自語著，終於摸到了窗簾，拉開窗簾，把窗戶打開了一點兒，發出流水的聲音。

「小菊的桌子上有一本《克萊芙王妃》吧？」邊說著，我仍然像先前那樣躺了下去。

「那個時期的貴婦人，是在宮殿的庭院裏、走廊的台階下等昏暗的地方隨便小便的。所以說，從窗戶小便本來是貴族的做法呢。」

「喝酒的人是常有這種事情。貴族都是躺著喝酒的，對吧？」

我想喝酒，可是喝了酒，會很危險。

「不，貴族討厭黑暗，本來就膽小嘛，太黑了會感到

害怕。可能是因為沒有蠟燭吧？點上蠟燭的話，可以喝一點。」

小菊默默站了起來，然後點燃了蠟燭。我鬆了口氣。這樣的話，今晚就不會做出什麼出軌的事情了。

「放哪裏好？」

「燭台要放在高處，《聖經》上這樣說的。高處好。放在那個書箱的上面怎麼樣？」

「酒呢？用杯子喝？」

「深夜的酒，用杯子。《聖經》上這樣說的。」我撒謊了。

小菊默默地笑著，倒了滿滿一大杯酒，端了過來。

「差不多還有一杯呢。」

「不用了，這就夠了。」

我接過杯子，「咕嘟咕嘟」地喝了下去，喝完就仰面朝天地躺了下去。

「我再睡一覺。小菊也晚安吧。」

小菊也仰面躺著，和我成直角。長睫毛的大眼睛不停地眨動，絲毫沒有睡意。

我默默地看著書箱上面蠟燭的火焰。火焰像有生命

似的，忽高忽低地跳動著。看著看著，我忽然想到一件事情，頓生恐懼。

「這個蠟燭好短，馬上就快沒有了。沒有更長的蠟燭嗎？」

「只有這個了。」

我沉默了。祈禱蒼天，趁著蠟燭燃盡之前，最好我能睡著，或者那一杯酒的酒勁兒能醒過來，否則，小菊就危險了。

火焰閃爍著，一點點變短，我卻一點都睡不著。並且，酒勁兒不但不醒，反而讓我感到全身發熱，使我不斷地變得更加大膽。

我不由得嘆了口氣。

「把短布襪脫了吧？」

「為什麼？」

「那樣的話，會更暖和吧。」

我聽話地脫了短襪。

「沒辦法了。如果蠟燭滅了，就只好這樣了。」

我暗下決心。

火焰變暗了。然後像感到痛苦似的左右晃動，一瞬間

又變得大而明亮，然後發出「吱吱」的聲音，眼看著就縮小、消失了。

　　房間裏微明，已經不是在黑暗中了。

　　我起身，準備回家。

　　　　　　（《新思潮》昭和二十二年﹝1947﹞七月號）

再會

變心 （一）

有位文壇的大家去世了，在遺體告別儀式快要結束的時候，天開始下雨。早春的春雨。

回家的路上，兩個男人合撐著一把傘，他們兩人都曾受顧於那位去世的大家。話題是關於女人的，內容極其輕率。穿著和服禮服的中年男子是作家。看上去比他年輕許多，戴著黑框眼鏡，穿著條紋褲子的美男子是位編輯。

作家開口道：「那個傢伙似乎也很好色。你差不多也該收斂收斂了吧。看上去很憔悴哦。」

「我打算全部收手了。」編輯紅著臉說道。

這個作家說話總是很露骨、粗俗，美男子編輯平時對

他一直是敬而遠之的。可是今天自己沒有帶傘，無奈只好一起打著作家的蛇眼傘，結果就被如此教訓了一番。

打算全部收手。卻也並不是謊言。

似乎，一切都發生了變化。戰爭結束後，已經過去了三年，似乎一切都變了。

三十四歲，雜誌《方尖碑》的主編，田島周二，寡言，說話帶有關西方言，可是幾乎從不談及他自己的出身。他本來就是一個精明的男子，《方尖碑》的編輯只是一個幌子，其實暗地裏做一些黑市交易，賺了很多錢。但是，正如不義之財理無久享所言，他總是沒命地喝酒，傳聞有將近十個情人。

可是，他並不是獨身。不僅不是獨身，現在的妻子也是再婚的。前妻得肺炎死了，留下一個智障的女兒。之後他賣掉了東京的房子，到埼玉縣的朋友家裏躲避戰災，期間遇到了現在的妻子就結婚了。這位妻子當然是初婚，娘家是殷實的農戶。

戰爭結束後，他把妻子和女兒留在妻子的娘家，獨自一人來到東京，租了一間郊外的公寓房，那裏僅僅是個睡覺的地方。他精明地四處周旋，賺了很多很多錢。

但是，三年過去了，他的心態似乎發生了變化。可能是因為社會上發生了一些微妙的變化，或者是他的身體，由於平日的放縱，最近明顯地消瘦了。不，僅僅是由於「年齡」原因，色即是空，酒也越來越乏味。有時會想要買一間小房子，把妻兒們從鄉下接過來……不知不覺間湧起思鄉之情，這樣的情況越來越多了。

就此從黑市交易中金盆洗手，專心地做雜誌編輯吧。關於此……

關於此，眼下的主要問題是必須要和女人們和平分手。一想到這裏，即便精明如他也感到茫然，忍不住嘆氣。

「打算全部收手……」大個子作家撇嘴苦笑道，「的確不多呀。究竟，你有多少女人？」

變心（二）

田島的表情像快要哭出來了。越想越覺得靠一己之力，完全無法處理好這個問題。如果可以用錢解決就簡單了，可是，那些女人們是不可能就這樣退出的。

「現在想想，我像瘋了似的。攤子鋪得太大了，太荒唐

了。」

忽然有一種衝動想把一切都告訴這位中年作家。

「沒想到你說得還挺一本正經的。的確，就是像你這種多情人，才莫名其妙地、近乎卑鄙地畏懼道德，卻又因此更加惹女人喜歡。儀表堂堂、有錢、年輕，再加上有道德、溫柔，那可是太受歡迎了。理所當然，即便你打算罷手，對方也不會答應的。」

「就是這個問題。」他用手帕擦了擦臉。

「你不是在哭吧。」

「不是，雨水把鏡片弄模糊了。」

做黑市生意的人，也談不上什麼道德不道德的，但正如作家所言，田島這個男人雖然多情，卻對女人們有著不可思議的誠實的一面，因此，那些女人們似乎也一點都不擔心，深深地依戀著他。

「有沒有什麼好辦法呀？」

「沒有啊。除非你去國外待個五六年再回來，可是，現在出國又不那麼容易。倒不如，把那些女人們都叫到一起，讓她們唱著《螢火蟲之歌》，不，《敬仰之尊》更合適吧，挨個給她們發畢業證書，然後你就假裝發瘋，全身赤

裸地飛奔出去逃跑。這樣一來，她們也會感到愕然，也許就死心了。」

完全沒有參考價值。

「那我就此告辭了。我從這裏坐車⋯⋯」

「得了吧，一起走到下一站吧，總之，這對於你可是一個重大的問題呢。我們一起來研究研究對策吧。」

作家這一天似乎很無聊，完全沒有放田島走的意思。

「不了，我自己一個人，想想辦法⋯⋯」

「別呀，你一個人是無法解決的。你不會是想一死了之吧？真讓人有點擔心呢。因被女人們戀慕而死，這可不是悲劇，是喜劇哦。不，是鬧劇，滑稽之極，誰都不會同情你的。還是不要自殺了。我有個好主意，找個非比尋常的美女來，把情況跟她講清楚，讓她假扮你的夫人，帶著她去一個個遍訪你所有的女人。絕對即刻見效！女人們都會默默地退出的。怎麼樣，要不要試試？」

像是垂死掙扎的人看到了救命稻草。田島有點動心了。

行進（一）

田島打算試一試。可是，這也是有難度的。

非比尋常的美女。醜女的話，在車站每走一個區間，都能發現三十人左右，可以稱為非比尋常的美女的，除了傳說，究竟是否存在都值得懷疑。

本來田島自視甚高，時尚而且虛榮心強，自稱與非美女一起走路會肚子痛。他現在的那些所謂情人們，每個人都是相當的美女，但是，似乎沒有人可以稱得上是非比尋常的美女。

那個雨天，中年作家信口所說的「秘訣」，雖然他也覺得愚蠢，從內心裏感到排斥，但是，自己卻想不出一點兒好辦法。

先試試看。說不定在人生的某個角落有那麼一個非比尋常的美女呢。他的眼鏡片後面，閃過一縷狡黠的目光。

舞廳、咖啡廳、等候室。沒有、沒有，都醜得不得了。辦公樓、百貨大樓、工廠、電影院、脫衣舞秀。不可能有。隔牆偷窺女子大學的校園、某某小姐的選美會場、聲稱參觀混入電影的首映式等等，跑了無數地方，還是

沒有。

可是那天，獵物在歸途中出現了。

他已經有點絕望了，陰沉著臉走在黃昏新宿車站後面的黑市上，完全沒有興趣去所謂的情人們那裏。一想起來就會覺得恐懼，一定要和她們分手。

「田島先生。」冷不丁有人從背後叫他，他嚇了一跳，差點兒蹦了起來。

「哎呀，真討厭。」烏鴉嗓音。

「唉？」他重新審視了一番。完全認不出來了。

他認識那個女人，是做黑市交易的行商。雖然他和這個女人僅有過兩三次黑市物資的交易，但是，這個女人的聲音，還有她那令人吃驚的大力氣，讓他對她記憶深刻。雖然很瘦，卻可以輕鬆的扛起十貫 ❶ 的重量。那個時候，她渾身散發著魚腥味兒，身上的衣服髒乎乎的，穿著勞動褲，分不清是男是女，近乎乞丐的裝扮。時髦的他，當時和那個女人做完交易後，甚至急忙去洗了手。

眼前的她簡直就是變身後的灰姑娘，服裝的品位也

---

❶　貫：一貫為 3.75 公斤。

非常高雅。體態苗條，小巧的手腳令人愛憐，看上去有二十三四，不，二十五六，面帶愁容，似梨花般略微發青，絕對高貴、出挑的美女，簡直無法想像她就是那個可以肩挑十貫的行商。

嗓音難聽是個硬傷，但是讓她保持沉默就可以了。

此人可以利用。

行進（二）

俗話說人靠衣裳馬靠鞍，特別是女人，裝扮一變，簡直是天壤之別。可能本來就是妖精。但是，像這個女人（名叫永井絹子）這樣，可以轉變得如此出色的女人也是少見的。

「看樣子，你是攢下了不少錢呀。如此的春風得意。」

「哎呀，真討厭。」嗓音太難聽。所有高貴的感覺，瞬間消失。

「有件事情要求你。」

「你這個人太吝嗇，總是壓價⋯⋯」

「不是生意的事情，我已經打算洗手不幹了。你還是老

樣子，還在倒賣嗎？」

「當然了。不倒賣就沒有飯吃呀。」她說出來的話，依然都那麼低俗。

「可是，那也不必要打扮成這個樣子吧。」

「可人家是女人嘛。偶爾也會想要穿得漂漂亮亮的，看場電影什麼的。」

「今天看電影了嗎？」

「是的，已經看完了。那個，叫什麼名字來著，足栗毛……」

「是膝栗毛❶吧。你是一個人嗎？」

「哎呀，討厭。男人才靠不住呢。」

「我就是衝著這一點，才想拜託你呢。一個小時，不，三十分鐘就可以，借步說話。」

「好事兒嗎？」

「不會讓你吃虧的。」

兩人並排走著，擦肩而過的人們，十個人中有八個都會回頭看。不是看田島，而是看絹子。即便如田島這般美

---

❶　膝栗毛：《東海道中膝栗毛》，江戶時代後期（1802–1814）的有名通俗小說。

男子，也被絹子那出挑的氣質壓倒，顯得略有一些寒酸了。

　　田島把絹子帶到了一家他經常去的料理店。

　　「這裏有什麼拿手的好菜嗎？」

　　「是啊，好像炸豬排比較拿手。」

　　「來一份，我肚子餓了。還有什麼？」

　　「差不多的菜都能做得出來。你究竟想吃什麼？」

　　「這裏拿手的東西。除了炸豬排，沒有其他的了嗎？」

　　「這裏的炸豬排，很大的哦。」

　　「你真吝嗇。不行，我去裏面問問。」

　　力氣大、飯量大，可卻是的的確確的美女，不能錯過這個機會。田島喝著威士忌，懷著相當厭惡的心情，看著絹子一刻不停地專心吃東西，同時說出了他的請求。絹子一邊吃，一邊似聽非聽的樣子，對於他的故事完全沒有興趣。

　　「你會答應我吧？」

　　「你真是傻瓜。簡直是太不像話了。」

行進（三）

田島對於對手的尖刻感到有點畏懼。

「是呀。實在太不像話了，所以才求你呢。我是一籌莫展啊。」

「其實沒必要那麼麻煩的。不喜歡了，就不要再見面了，那不就行了嘛？」

「我可做不出這麼粗魯的事情。對方那些人，今後也許也要結婚的，或者，也許會找新的情人。讓她們做好了斷，是男人的責任。」

「哼！了不起的責任呀。說是什麼分手呀什麼的，你還是想和她們曖昧下去吧。你的確長著一副好色的嘴臉。」

「喂、喂，再說這麼失禮的話我可要生氣了。失禮也要有個程度的。光顧著吃。」

「他們會不會做甜薯餅？」

「你還要吃嗎？是不是胃擴張呀？你生病了吧？去醫院看看如何？從開始到現在可是吃了不少呢。差不多就行了。」

「你可真吝嗇。女人大體都吃這麼多的，這是普通的。

那些大小姐們嘴上客氣地說夠了，都是因為有幾分姿色，表面裝的。我可是有多少都能吃下去。」

「別了，夠了吧。這家店可不怎麼便宜的。你平時總是吃這麼多嗎？」

「別開玩笑了，只有別人請客的時候才能這樣呢。」

「那麼，今後你想怎麼吃都可以，就答應我的請求吧。」

「可是，我的工作就不得不休息了。」

「我會另外支付的。你本來的那些生意，應該賺錢的那部分，我隨時都會一分不差地付給你的。」

「就只是跟著你走，就可以了？」

「是的。但是，有兩個條件。拜託在其他的女人面前一句話都不要說。笑一笑、點點頭、搖搖頭，最多就只能做這些。還有，在她們面前不要吃東西。和我兩個人的時候，無論你吃多少都可以，但是在人前，就僅限於喝杯茶吧。」

「其他的，還會付給我錢的，對吧？你這個人太吝嗇，別蒙我。」

「不用擔心。我現在可是拚了命了。如果這次失敗了，

我就完蛋了。」

「就是腹水一戰。」

「腹水？笨蛋，是背水一戰。」

「啊，是嗎？」她若無其事地說道。

田島越發感到不是滋味。但是，她非常美麗，非常幹練，有一種超然的氣質。

炸豬排、雞肉土豆餅、金槍魚的生魚片、魷魚的生魚片、蕎麥麵、鰻魚、雜錦火鍋、烤牛肉串、飯糰、鮮蝦色拉、牛奶草莓。

吃了這麼多，居然還想吃甜薯餅。任何女人都不會吃這麼多的。還是……

行進（四）

絹子的公寓在世田谷那一帶，平日上午要做她行商的生意，據說下午兩點以後基本上就空了。田島和絹子約定，每週一次，在大家都有時間的日子，打電話聯繫好在某處碰頭，兩個人一起向想要分手的女人那裏行進。

幾天後，兩個人開始向著日本橋那邊的一座百貨大樓

內的美容室行進了。時髦的田島，去年冬天開始轉到了這個美容師這裏，在這裏燙過頭髮。那裏的「師傅」叫做青木，年齡有三十歲左右，是所謂的戰爭遺孀。他並沒有勾引她，而是那個女人要跟著田島。青木住在百貨大樓位於築地的宿舍裏，每天從宿舍去日本橋的店裏上班，收入僅僅夠她一個人生活，因此田島就補貼她的生活費。現在，在築地的宿舍那裏，田島與青木的關係已經是公認的了。

但是，田島很少到日本橋青木工作的店裏來。田島這樣文雅的美男子在店裏出沒，一定會影響她的生意的，田島自己這樣考慮。

儘管如此，卻突然領著出挑的美女出現在她的店裏。

「你好，」他的寒暄顯得有些客氣，「今天我帶著妻子來的。我把她從老家接過來了。」

這些就足夠了。青木也是眉清目秀，一點都不愚笨的女人，而且相當漂亮。但是和絹子站在一起，就好像銀靴子和軍靴的區別。

兩個美女低聲寒暄後，青木的表情已經快要哭了。勝敗已是一目了然。

前面也說過，田島對於女人有非常誠實的一面，從

來沒有撒謊說過自己是獨身。從一開始就告訴大家，他讓妻子和孩子去鄉下避難了。現在妻子回到了丈夫身邊，並且，妻子是如此年輕、高貴、有涵養的絕世美女。

即便如青木這樣見過世面的人，除了想哭，也沒有別的方法了。

「給我妻子收拾一下頭髮吧。」田島趁勢想徹底斷了她的念想，「大家都說無論是銀座，還是哪裏，再也沒有人比你手藝更好的了。」

其實這也並非完全是恭維。事實上，她的確是個手藝非常高明的美容師。

絹子面朝鏡子坐了下來。

青木把白色的披巾搭在了絹子身上，開始給絹子梳頭髮，眼裏卻含著淚水，似乎立刻就要流出來了。

絹子很平靜。

反而是田島離開了座位。

行進（五）

頭髮做完的時候，田島又悄悄回到了美容室，把一疊

一寸厚的紙幣放進美容師白色上衣的口袋裏，以近乎祈禱的心情輕聲說道：「再會。」

那聲音連他自己都感到有些意外，一種似安慰、似道歉，溫柔而略帶傷感的聲音。

絹子無言地站了起來，青木也無言地幫絹子撫平了裙子，田島已經先一步奔出了店門。

啊，離別好痛苦。

絹子面無表情地從後面跟了上來。

「也沒有那麼好啦。」

「什麼？」

「燙髮。」

「混蛋！」田島想衝著絹子大吼，但是因為是在百貨商店裏，只好忍住。青木這個女人，從來不說別人壞話，也不愛錢，還總是給他洗衣服。

「這樣，就都結束了？」

「是的。」田島感到無盡的感傷。

「因為那點兒事就分手，那個女子可真窩囊。不是還挺漂亮的嘛。如果有那般氣量⋯⋯」

「住口！什麼那個女子，不許用那麼失禮的稱呼。她是

個老實人，她和你可是完全不同的。總之，你別說話了。你那烏鴉嗓快讓我發瘋了。」

「哎喲，十分抱歉啦。」

哇哦！多麼拙劣的幽默啊。田島快要瘋了。

出於一種奇妙的虛榮心，田島和女人在一起的時候，總是會提前把他的錢包交給女人，所有花銷都讓女人去付錢，假裝表現出一副他對於賬目完全不在乎、大方的態度。但是，目前為止卻沒有一個女人會在沒有得到他允許的情況下買東西。

但是上面這位「十分抱歉」的女士，卻滿不在乎地擅自使用他的錢。百貨大樓裏有無數貴重的東西，她堂而皇之、毫不猶豫地挑選著高級商品，而且，竟然都是一些出乎意料地優雅、有品位的東西。

「你差不多就住手吧。」

「真吝嗇。」

「接下來，你還要去吃東西吧？」

「是呀。今天我就替你省省吧。」

「把錢包還給我。今後不能超過五千日元。」現在也顧不上什麼虛榮了。

「我不會用那麼多的。」

「不對，用了。過會兒我查一下餘額就知道了，絕對用了一萬日元以上。前幾天那頓飯，也不便宜呢。」

「這樣啊，那就算了吧。如何？反正我也不是喜歡跟著你走。」

近乎威脅。

田島只能嘆氣。

蠻力（一）

但是，田島本來也不是尋常人，他可是個在黑市交易中，一下子就能輕輕鬆鬆賺幾十萬的機靈人。

絹子花了他那麼多錢，以他的性格是不會默默地忍氣吞聲，寬恕她的。無論如何都要讓她付出相應的回報，否則才不能罷休呢。

混帳東西！不知天高地厚。看我怎麼對付你。

先把分手進行曲放一放，首先要完全征服這個傢伙，把她變成客氣、簡樸、飯量小的女人，然後再繼續行進。照現在這個樣子，花的錢太多了，無法繼續行進。

勝負的秘訣是，不應樹敵，而應靠近敵人。

他按照電話號碼簿查到絹子住地的門牌號，只買了一瓶威士忌和兩袋花生米。暗自盤算著，如果肚子餓了就讓絹子請客，然後大口大口地喝威士忌裝醉，再趁著酒勁兒睡在一起，那以後可就都是他說了算了。總之，這樣非常省錢，還不用花房費。

對女人總是自信十足的田島，竟然能想出如此粗魯、無恥、不擇手段的下策，他一定是出了什麼問題。可能是絹子浪費了太多的錢，讓他心裏快要發瘋了吧。先不說本應謹慎對待色欲，人如果過於執迷於金錢，總想著要撈回老本，結果卻會是竹籃打水。

田島由於過於憎惡絹子，策劃出幾近非人的吝嗇、卑鄙的計劃，終於惹來了大麻煩。

傍晚，田島找到了位於世田谷的絹子的公寓。那是一個木質結構、陰暗的二層小樓。絹子的房間在一上樓梯的走廊盡頭。

他敲了敲門。

「誰呀？」裏面傳來那烏鴉嗓的聲音。

門開了，田島大吃一驚，佇立不動。

混亂無章。惡臭。

一片狼藉。這是一間四張榻榻米大小的房間。榻榻米的表面已經變得漆黑發亮，高低不平，連包邊兒的痕跡都找不到了。房間裏堆滿了行商道具的石油罐、蘋果箱、酒瓶，還有用包袱皮包著的東西，像鳥籠一樣的東西、紙屑等等，到處都黏糊糊的，堆放著雜亂的東西，幾乎連下腳的地方都沒有。

「怎麼是你呀。來幹什麼？」

絹子的服裝也是像幾年前見到時那樣，一副乞丐裝扮，穿著髒乎乎的勞動褲，完全分不出是男是女。

房間的牆壁上僅貼著一張信貸公司的宣傳海報，沒有其他任何的裝飾，連窗簾都沒有。這難道就是二十五六歲的年輕女子的房間嗎？小小的燈泡發出昏暗的燈光，一片狼藉。

蠻力（二）

「我來找你玩。」田島因恐懼，變成了和絹子一樣的烏鴉嗓，「不過，我還是下次再來吧。」

「肯定是有什麼陰謀吧。你這種人是無事不登三寶殿的。」

「不，今天，真的是⋯⋯」

「得了，爽快點吧。你也太娘娘腔了。」

無論如何，這個房間也太過分了。

難道要在這裏喝那瓶威士忌嘛？早知這樣，應該買瓶更便宜的帶來了。

「不是娘娘腔，是衛生的問題。你，今天也太髒了吧。」田島極不痛快地說道。

「今天呢，我背了很重的東西，所以累了，一直在睡午覺。對了，我這兒有好東西。你進來吧。便宜的哦。」

似乎是和生意有關的話題。如果可以賺錢，房間髒點也不是問題。田島脫了鞋，選了榻榻米上一塊相對乾淨的地方，穿著外套盤腿坐了下來。

「你喜歡烏魚子，對吧？酒鬼。」

「特別喜歡。你這裏有嗎？來點吧。」

「開什麼玩笑。拿錢來。」絹子厚顏無恥地把右手伸到了田島的鼻尖。

田島不耐煩地撇了撇嘴：「看看你的所作所為，簡直覺

得人生如夢。把那隻手拿開。烏魚子，我不要了。那是給馬吃的東西。」

「便宜給你，傻瓜。很好吃的，是地地道道的東西。別扭捏了，快拿出來吧。」她晃著身子，並沒有要把手收回去的意思。

不幸的是，田島的確非常喜歡烏魚子，有了它做威士忌的下酒小菜，其他就什麼都不需要了。

「那就少來點吧。」田島懊惱地把三大張紙幣放在了絹子的手裏。

「再要四張。」絹子淡定地說道。

田島大吃一驚：「混帳，差不多就行了吧。」

「真吝嗇。你就痛痛快快地買一整隻吧，就像買半隻木魚乾那樣。真吝嗇。」

「好，就買一整隻。」到了如此地步，娘娘腔的田島也發自內心的感到憤怒。

「看好，一張、兩張、三張、四張，這樣總可以了吧。把手縮回去。真想看看什麼樣的父母能生出你這樣不知廉恥的傢伙。」

「我也想看看，然後想揍他們一頓，告訴他們就連大葱

被拋棄也會乾枯的。」

「得了，個人身世太無趣。拿個杯子來，我現在要開始就著烏魚子喝威士忌了。嗯，還有花生。這個給你了。」

蠻力（三）

田島用大杯子，三兩口就把威士忌喝光了。本來是盤算著今天要想辦法讓絹子請客的，反過來卻被迫買了所謂「地道」的高價烏魚子。而且還沒等眨眼，絹子已經毫不吝嗇地把一整隻烏魚子都切開了，裝在了一個骯髒的大碗裏，滿滿地裝了一碗，還撒了一大堆的味精。

「吃吧。味精是免費的，別擔心。」

這麼多的烏魚子，根本不可能吃掉，而且還撒了味精，簡直是胡來。田島的表情越發悲痛。就算是用蠟燭把七張紙幣燒掉，也不會有這麼強烈的吃虧的感覺吧。實在是浪費。沒有意義。

田島夾起碗底一片沒有撒到味精的烏魚子，內心快要哭出來了，邊吃邊提心吊膽地問道：「你做過飯嗎？」

「要做的話也會的。只不過覺得麻煩所以不做。」

「洗衣服呢？」

「別小看我。我，算得上是愛乾淨的人呢。」

「愛乾淨？」田島茫然地環顧了一下荒涼、惡臭的房間。

「這個房間本來就很髒，沒辦法收拾。再加上我又是做這個生意的。沒辦法，房間裏總是亂糟糟的。給你看看我的壁櫃裏面吧。」她站起身，一下子拉開了壁櫃。

田島瞠目結舌。

乾淨、整潔，發出金色的光芒，散發著馥郁的香氣。衣櫥、梳妝台、皮箱、鞋箱上放著三雙小巧的鞋子。也就是說，這個壁櫃，才是烏鴉嗓變身灰姑娘的幕後秘密。

絹子馬上又把壁櫃門關上了，和田島拉開一點距離，隨意地坐了下來。

「打扮得漂漂亮亮，一週有一次就夠了。我又沒有想著要討男人喜歡。日常的服裝，這樣就剛好。」

「可是，那勞動褲也太過分了吧。不衛生。」

「為什麼？」

「臭烘烘的。」

「裝高雅也不行呀。你平時不也總是酒氣薰人的嘛？令

人討厭的味道。」

「那我們就是臭烘烘的交情了。」

隨著酒勁兒逐漸上來，荒涼的房間，還有絹子似乞丐般的樣子，都變得不那麼刺眼了。田島內心湧上一個惡念，決定實施最初計劃來這裏的事情。

「我們可是那種可以吵架的深厚的關係呢。」真拙劣。但是，男人在這種情況下，即便如大人物、大學者那樣的人，都會用如此彆腳的伎倆，而且大多數情況下都可以意外地取得成功。

蠻力（四）

「可以聽到鋼琴的聲音。」

他開始裝模作樣地眯著眼睛，傾聽著遠處廣播的聲音。

「你居然也懂音樂？可看起來像是音樂盲。」

「傻瓜，你是不知道我有多麼精通音樂呢。世界名曲，我聽一天都不會厭。」

「那是什麼曲子？」

「蕭邦。」胡說八道。

「是嗎？我以為是越後獅子呢。」

兩個音樂盲之間的胡言亂語。由於心情興奮不起來，田島迅速地轉了話題。

「目前為止，你一定談過戀愛吧。」

「真無聊。我可沒有你那麼淫亂。」

「注意一下你的用詞，好不好？素質真差。」田島忽然感到不愉快，又喝了一大口威士忌。估計這樣下去就沒戲了。就這麼敗下陣來，有損美男子的名譽。堅持才能勝利。

「戀愛和淫亂從根本上是不同的。你似乎什麼都不懂啊。我來教你吧。」嘴上說著，他卻對自己那卑劣的語氣感到不寒而慄。這樣下去可不行。雖然稍微有點早，就假裝喝醉了睡覺吧。

「我喝多了。空腹喝的，醉得很厲害。讓我在這裏睡一覺吧。」

「不可以！」烏鴉嗓提高了音調。

「別糊弄我。我可是看明白了。如果想在這裏睡，拿出五十萬，不，一百萬來。」

所有的一切，都失敗了。

「你也不用那麼生氣嘛。就是喝醉了，在這裏，稍

微……」

「不行，不行，快回去。」絹子站起來，打開了門。

田島技窮了，使出最拙劣的手段，站起身，突然一下子想要抱住絹子。

「咣」的一聲，臉頰被打了一拳，田島發出一聲奇異的悲鳴。那一瞬間，田島想起了絹子那可以輕輕鬆鬆地扛起十貫東西的蠻力，不禁感到毛骨悚然。

「饒了我吧。小偷！」嘴裏混亂地胡說八道著，光著腳跑到了走廊裏。

過了一會兒，他從門外面說：「把鞋給我。對不起……還有，拜託能不能給我一根繩子，眼鏡腿兒壞了。」

美男子的歷史上，從未體驗過此等空前的屈辱，心裏如翻江倒海般。同時卻拿著絹子施捨的紅色帶子，修理好眼鏡。邊把紅色的帶子掛在耳朵上，邊尖著嗓子喊著：「謝謝！」下樓梯時，一腳踩空了，又發出了一聲尖叫。

冷戰（一）

田島心疼在永井絹子身上的投資。怎麼能做如此賠本

的買賣？無論如何要想辦法利用她，撈回本錢。可是，她那麼大力氣，那麼大飯量，那麼貪婪。

天氣漸暖，各種各樣的花兒都開了，田島獨自一人感到鬱悶。自從那一夜慘痛的失敗以來，又過了四五天，重新置辦了眼鏡，臉頰的腫脹也消退了，他給絹子的公寓打了電話，考慮轉為攻心戰。

「喂，我是田島。那天喝多了，哈哈哈哈哈。」

「一個女人獨自生活，什麼事情都會碰到。我才沒當回事呢。」

「後來我也考慮了很多。還是覺得應該和那些女人們分手，買個小房子，把妻子和孩子都接來，建立一個幸福的家庭。這在道德上是壞事嗎？」

「你說的話都莫名其妙的。男人們只要攢了錢，似乎都會考慮那種無聊的事情。」

「所以說，那是壞事嗎？」

「沒什麼不好的呀。似乎，你攢了不少錢了嘛。」

「別總是說錢的事 …… 道德上的，也就是思想上的問題，你怎麼認為？」

「我沒什麼想法。對你的事情沒興趣。」

「是呀，倒也是的。我呢，認為這是好事情。」

「既然如此，不是挺好的嘛。我要掛電話了。討厭聽你那些廢話。」

「可是，對於我來說可是生死攸關的大問題。我認為還是應該重視道德的。幫幫忙吧，幫幫我吧。我想做好事。」

「好奇怪呀。你是不是又想要裝醉，做傻事？少來那一套。」

「別嘲笑我。人都有想要做善事的本能。」

「可以掛電話了吧？你似乎也沒什麼其他的事情吧？我剛才就一直想去小便，憋得慌呢。」

「等、等一下。一天三千日元，如何？」

攻心戰瞬間變成了金錢的話題。

「附帶好吃的嗎？」

「不，你就幫幫我吧。我最近收入也很少。」

「沒有一張（一萬日元），不行。」

「那就五千吧。就這樣吧。這可是道德的問題。」

「我要小便。你就饒了我吧。」

「五千日元，求你了。」

「你這個傻瓜。」她發出「嗤嗤」的笑聲。似乎是答

應了。

冷戰（二）

　　如此一來，可要最大限度地利用、活用絹子。除了一天給她五千日元，其他的一片麵包、一杯水也不提供。如果不狠狠地利用她就太虧了。切不可心軟，否則就是自我毀滅。

　　田島挨了絹子的打，發出那樣奇妙的悲鳴，同時卻發現了可以利用絹子的大力氣的計策。

　　在他所謂的情人當中，有一位叫做水原惠子的油畫家，還不到三十歲，畫得並不好。在田園調布❶那裏借了兩間房子，一間作起居室，一間作畫室。田島看到水原拿著某畫家的介紹信，紅著臉惴惴不安地來請求，「無論插畫，還是插圖，什麼都行，讓我來畫吧」，覺得她非常可愛，就時不時地接濟一點她的生計。她態度溫和、寡言，而且非常愛哭鼻子。但是從來不會無休止地大哭大鬧，總是像個

---

❶　田園調布：位於日本東京都大田區西部，是日本知名的高級住宅區。

小女孩似的可愛地哭泣，感覺還不錯。

但是卻有一個非常大的問題，她有一個哥哥，長期在滿洲的軍隊生活，因為從小就是搗蛋鬼，是個體格健壯的彪形大漢。田島第一次從惠子那裏聽說到這個話題的時候，的確產生了非常不好的感覺。這個戀人的軍伍兄長，對於這位美男子來說，是從中世紀（Faust）過來的不祥的存在。

那位兄長最近從西伯利亞撤退回來了，並且，似乎在惠子作為起居室的那個房子裏生活。

田島不想見那位兄長，想把惠子約出來，就給她的公寓打了電話，不巧，「我是惠子的哥哥」，電話那頭傳來男子有力的聲音。果然在呢。

「我是出版社的人。想和水原老師，商量一下畫的事情……」句尾的聲音有些顫抖。

「不行。她感冒了，睡覺呢。工作暫時不能做了。」

運氣不好。約惠子出來，幾乎是不可能了。

可是，僅僅因為害怕她哥哥，總拖著不和惠子分手，對惠子也很失禮。而且惠子感冒起不來了，再加上撤退回來的哥哥來寄宿，手頭一定很緊吧。反而現在可能是機

薄明

會，去看望病人，說些體貼的話語，再悄悄地把錢拿出來，這樣軍人哥哥就不會動武了吧。說不定比惠子還要感激我，也許會要求和我握手呢。如果萬一，他想動武……那個時候，正可以躲在大力氣絹子的背後。

絕對是百分之百的利用、活用。

「知道了嗎？我覺得可能沒有問題。有個粗魯的男人，如果他舉起手臂，你就這樣輕輕地，制止住他。什麼？似乎是軟弱的傢伙。」

他已經明顯地開始對絹子使用恭敬的言語了。

（未完）

（《朝日評論》昭和二十三年〔1948〕七月）

策劃編輯	梁偉基
責任編輯	朱卓詠
書籍設計	吳冠曼
書籍排版	楊　錄
地圖繪畫	廖鴻雁

書　　名	惜別
著　　者	太宰治
譯　　者	楊曉鐘　吳震　戚礪婉琛
出　　版	三聯書店（香港）有限公司
	香港北角英皇道 499 號北角工業大廈 20 樓
	Joint Publishing (H.K.) Co., Ltd.
	20/F., North Point Industrial Building,
	499 King's Road, North Point, Hong Kong
香港發行	香港聯合書刊物流有限公司
	香港新界荃灣德士古道 220-248 號 16 樓
印　　刷	陽光（彩美）印刷有限公司
	香港柴灣祥利街 7 號 11 樓 B15 室
版　　次	2022 年 3 月香港第一版第一次印刷
規　　格	32 開（130 × 185 mm）270 面
國際書號	ISBN 978-962-04-4927-7

© 2022 Joint Publishing (H.K.) Co., Ltd.

Published & Printed in Hong Kong

本書原由陝西人民出版社有限責任公司以書名《惜別》出版，經由原出版者授權本公司在除中國內地以外地區出版發行本書。

太宰治 文學散步地圖

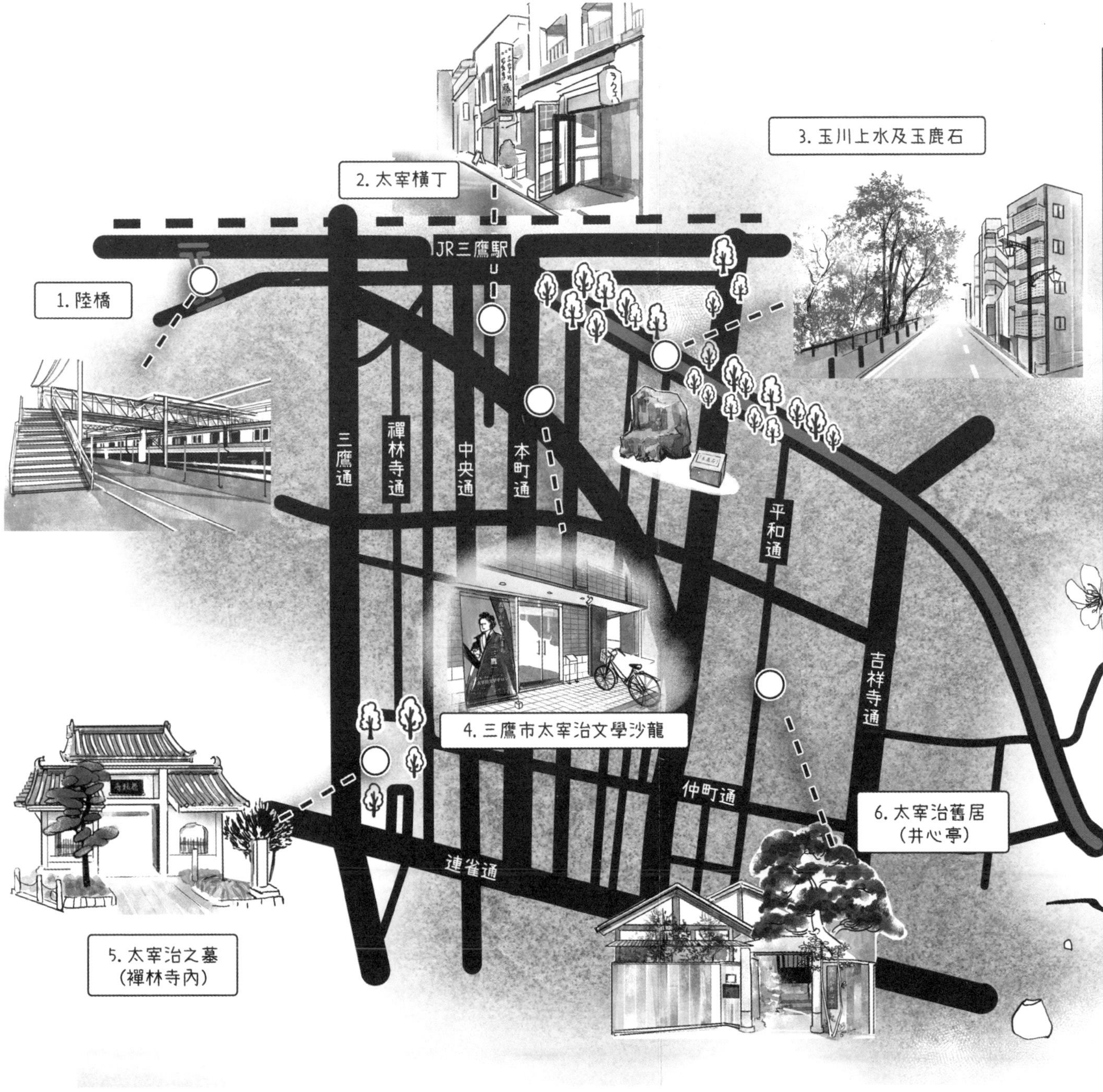

景點介紹

❶ 陸橋

位於 JR 三鷹站旁的陸橋（跨線橋），太宰治很喜歡站在橋上觀看電車行駛。披著大衣的太宰治曾在此處拍過照。

❷ 太宰橫丁

三鷹站附近的一條街道，太宰治經常在此處流連及生活。現時太宰橫丁仍然充滿著餐廳及酒館。

❸ 玉川上水及玉鹿石

太宰治與情人山崎富榮投河自盡之處。為紀念太宰治，當地人在其附近立下一塊由太宰治家鄉青森縣金木町出產的玉鹿石。

❹ 三鷹市太宰治文學沙龍（伊勢元酒店舊址）

原址為太宰治經常造訪的伊勢元酒店。現時，大樓的一樓設置了「太宰治文學沙龍」，展示太宰治的生平及照片。

❺ 太宰治之墓（禪林寺內）

禪林寺創建於 1700 年，太宰治和另一日本名作家森鷗外之墓皆設此處。妻子美知子過世後亦收葬太宰治墓旁，立「津島家之墓」。

❻ 太宰治舊居（井心亭）

除了二戰中有一年時間為躲避空襲回到妻子娘家甲府及老家津輕，太宰治婚後至過世的時間均一直居住在三鷹的居所內。

地圖標示：

- 2. 太宰橫丁
- 3. 玉川上水及玉鹿石
- 1. 陸橋
- JR三鷹駅
- 三鷹通
- 禪林寺通
- 中央通
- 本町通
- 平和通
- 吉祥寺通
- 仲町通
- 連雀通
- 4. 三鷹市太宰治文學沙龍
- 5. 太宰治之墓（禪林寺內）
- 6. 太宰治舊居（井心亭）

大事記年表

年份	歲數	本事紀年	日本大事
一九○六（光緒三十二年）	0		
	7		
	14		
	16		
	18		
	19		
	20		
	21		
	22		
	23		
	24		
	25		
	26		
	27		
	28		
	30		
	32		
	33		
	35		
	36		
	37		
	38		
	39		